L'étoile Absinthe

DU MÊME AUTEUR
AUX ÉDITIONS GALLIMARD

Compère Général Soleil, roman.

Les Arbres musiciens, roman.

L'Espace d'un cillement, roman.

Romancero aux étoiles, nouvelles.

JACQUES STEPHEN ALEXIS

L'ÉTOILE ABSINTHE

Roman

Suivi de

LE LÉOPARD

ZULMA
18, rue du Dragon
Paris VIe

L'éditeur remercie les Archives familiales
du Fonds Jacques Stephen Alexis.

Si vous désirez en savoir davantage
sur Zulma ou sur *L'étoile Absinthe*
n'hésitez pas à nous écrire
ou à consulter notre site.
www.zulma.fr

« … Et il tomba du ciel une grande étoile ardente comme un flambeau ; et elle tomba sur le tiers des fleuves et les sources des eaux. Le nom de cette étoile est Absinthe et beaucoup d'hommes moururent par les eaux, parce qu'elles étaient devenues amères… »

JEAN, Apocalypse, 8 :10

Ce texte a été établi d'après le seul manuscrit original disponible, demeuré inachevé, dont la page initiale comporte une lacune de quelques mots. *[Note de l'éditeur.]*

I

INFRA-ROUGE

Une heure sonne au carillon de Sainte-Anne. Le soleil de la Caraïbe est un oiseau infra-rouge, un grand oiseau miraculeux qui fait le cirque au mitan du ciel, se corne lentement puis s'abat, furieux, torride, pluie de plumes et d'éclairs.
arrière de la voiture qui l'
Amante, sans force et sans
mieux voir son mirage, où
elle espère ne cons avoir été,
dans une existence , une bête
somnambule, funambule, quelque vache sacrée d'un dieu fou, mais rien ne veut encore apparaître et, avec effroi, elle n'aperçoit à travers la vitre de la portière que la fugue échevelée des façades de l'avenue, prises d'une folie saltatoire qui les empare l'une après l'une, les distord, les

secoue, les arrache, les entraîne toujours plus loin en arrière, au ras du vertige, aux confins de l'ébriété, aux dents de la vitesse, vers ce lieu déjà crépusculaire – ni veille ni sommeil –, ce lieu piaffant et ricanant qui bientôt ne se situera nulle part sinon à l'oubliance, aux oubliettes de la mémoire, à fleur de conscience, dans l'entrepôt aux souvenirs, à l'octroi de l'illusion, aux douanes de l'intuition ou peut-être – victoire ! – à la consigne de l'oubli : « La Frontière » de La Niña Estrellita. Dans la petite robe rose qui la vêt, repliée, ramassée sur elle-même, l'Églantine s'éprouve comme une pelote d'électricité vivante, un fruit ratatiné autour d'un noyau rugueux, son amour à haute tension, exigeant, qui fait si mal, l'ébouriffe, brûle, l'illumine. L'espace que le bolide avale devient le temps. Chaque maison que la vélocité saisit, désarticule, projette et noie dans l'arcane des yeux est une seconde qui ne sera jamais plus retrouvée. Chaque instant fait de son adieu un acte plus irréversible. Les maisons semblent s'échapper, mais elles demeurent bien en place, enracinées, c'est l'Églantine retrouvée qu'une dérobade – fuite et refuite –, qu'une panique d'amour fait brasiller et enlève, éblouissante, éblouie, chaleureuse, vers un ailleurs dont elle attend de grandes eaux purificatrices.

Au coin de la rue Pavée et de l'avenue Républicaine, la Plymouth doit freiner brutalement pour éviter un autre taxi. En attendant le signal de l'agent de la circulation, les chauffeurs s'engueulent gentiment :

— Ta marraine !... Couillon !...

— Ta maman !... Tu ne pouvais pas klaxonner, non ? Macaque salé !...

Le pantin de kaki et de cuir, debout sur le socle de béton, à l'ombre de son parasol délavé, arrête net l'algarade d'un coup de sifflet. Il lève la main gauche et de la dextre revêtue d'un gantelet de cuir blanc, il se met à faire l'hélice. Il va s'envoler !...

Les voitures démarrent. Sur les trottoirs, la foule clairsemée des sans-travail traîne la savate : *shiners*[1], vendeurs de

---

[1] *Shiner :* cireur de chaussures. *[Toutes les notes sont de l'auteur.]*

confiserie, de pâtisserie ou de boulange, marchandes de dentelles, de bonneterie, de quincaille et de camelote se restaurent derrière les étalages et interpellent le client, rare à cette heure, à cause du repas. Au coin de la rue des Miracles, le chauffeur, passionné de vitesse, tend les bras et, ran ! d'un coup de volant dessine une courbe barbare et s'engage sur la chaussée presque vide. La voiture engloutit la rue, tourne encore et s'arrête contre le trottoir de la place Geffrard où gesticulent des bambins. Les pneus frottent et crient.

— Voilà !... Pension Colibri !...

Le chauffeur jette un coup d'œil sur sa passagère qui ne semble pas comprendre, il descend, ouvre la portière, prend les valises et attend... L'Églantine se remue enfin, elle se met sur ses jambes, se dresse, atterrit et suit le chauffeur d'un pas spasmodique.

Un couloir, une porte. Un réfectoire où les déjeuneurs attablés lèvent aussitôt les regards sur les arrivants. Dans une sorte de stalle à haut pupitre, une dame à cheveux blanchoyants trône, dominant le parterre de ses yeux furtifs.

— Madam' Chatard ! Je vous amène une pensionnaire !...

Le chauffeur frétille joyeusement, attendant sa récompense. La patronne lève les paupières, sourit :

— Pour combien de temps ?... Quelques jours ?... Au mois, c'est trente dollars, tout compris.

L'Églantine ne sait pas. Oui, pour combien de temps est-elle là ?... Sans conviction, elle lâche :

— Quinze jours, ou peut-être plus... Vous m'acceptez au prix du mois ?

— Vous payez d'avance ?

L'Églantine ouvre son sac, tire quinze dollars, qu'elle pose sur le pupitre, sans mot dire.

— Félicia ! Où es-tu ?... Félicia !

Félicia accourt vers la stalle de madame Chatard. Félicia est une adolescente au visage rond et malicieux, d'un brun violacé comme une cayemitte[1]. Les yeux furètent, enjoués. Elle est engoncée dans

---

[1] *Cayemitte :* fruit tropical.

un caraco de gros bleu, sanglée par un tablier d'un blanc douteux, nu-pieds, fraîche, pimpante et consciente de l'être.

— Madam' Chatard ?

— Tu as fait la chambre Kingston ?

— Oui, madam' Chatard, elle est parée…

Madame Chatard, patronne de la pension Colibri, connaît bien sa clientèle, des petites gens de toute la Caraïbe ; en général des petites commerçantes, quelques commis voyageurs, ouvriers spécialisés, boxeurs, exilés politiques, aventuriers de tout crin et aventurières du même acabit. Quelque chose d'assez interlope en somme. Les seize chambres de la pension portent les noms des principales villes de la Caraïbe : San Juan de Puerto Rico, Port of Spain, Kingston, La Havane, Port-au-Prince, Oriente, Cienfuegos, Gonaïves, Santiago de los Caballeros, Santo Domingo, Aruba, etc… Ça plaît à la clientèle de cette hôtellerie mal tenue.

L'Églantine paie le chauffeur, agrémentant le prix de la course d'un bon pourboire. Le chauffeur sourit, salue sa passagère en portant deux doigts à la hauteur de la tempe puis repenche le nez vers le jus de corossol[I] que lui a fait servir madame Chatard en attendant de lui donner la commission à laquelle il a droit pour la pensionnaire amenée. Madame Chatard consent deux dollars aux chauffeurs qui rabattent le client pour la pension Colibri. Deux dollars par pensionnaire au mois, cela fait donc aujourd'hui un dollar de gagné sans effort par notre homme, sans compter le pourboire reçu. Il en sourit encore. C'est tout bénef, des affaires comme ça. Du nanan ! Il sirote son jus avec lenteur avant d'aller recommencer à faire La Mardelle[II]. La journée s'annonce bien.

L'Églantine grimpe les marches de béton à la suite de Félicia qui porte les valises, arpente les aîtres de la pension, s'engage dans un couloir :

— Kingston, voilà !

[I] *Corossol :* fruit tropical.

[II] *La Mardelle :* nom du premier chauffeur de taxi automobile à Port-au-Prince ; faire La Mardelle, c'est chasser le client dans l'argot des chauffeurs.

Félicia ouvre la porte.

— Vous faites une toilette avant de descendre manger ?... N'attendez pas trop en tout cas. Si vous voulez, je pourrai vous appeler...

L'Églantine sourit pour remercier, elle ferme la porte, elle est seule... Son cœur se met à cogner à coups désordonnés. Elle est seule. Ça fait longtemps qu'elle n'est plus seule. C'était au moins un des avantages de la vie de bordel que de sentir autour de soi des créatures également délaissées. Les détresses respectives en s'additionnant laissent l'impression d'un compagnonnage. La solidarité de la petite chiourme de la vie, quoi ! Elle en éprouve un léger serrement de cœur. Ça non ! Pas d'histoires ! Il s'agit de se reprendre, tenter de rebâtir une vie, reconstruire son cœur. Elle doit bander ses énergies, tout mettre en œuvre pour triompher de La Niña d'hier. D'un geste las, elle jette son sac à main sur un petit lit de fer, anonyme et blanc comme un lit d'hôpital ; du regard elle balaie l'étroite pièce dont un des angles est fermé par un rideau de cretonne ivoire parsemée de grosses nacarats. Elle voit la table de toilette, le nécessaire d'émail cerise, la cuvette, le broc, le seau, le bidet... L'œil de l'Églantine erre de la fenêtre à la descente de lit en sisal cramoisi, puis s'arrête sur la chaise de paille campée au milieu de la pièce comme un quadrupède rétif.

— A-a-a-ah !...

Le soupir émerge du plus profond d'elle-même, tremblé, nerveux, dolent... Quelle chaleur ! Elle éprouve un léger vertige, sa vue est brouillée par une kyrielle de moucherons sanglants et de jambages irisés qui se contorsionnent sans arrêt, follets, farfadets, apparitions, pupazzi de la lumière, ballet de filles de feu, des foudres, des météores et des nerfs agacés, spectres aux danses lascives ou tétaniques aux créneaux noirs des paupières, au bleu irréel des yeux, châteaux hantés, elseneurs magnétiques... D'un mouvement de chute, elle se laisse aller au bord de la couche, assise, les bras ballants, molle. Avec lenteur, elle détache les jarretelles qui la serrent, s'incrustent dans la chair. À travers le corsage, elle essaie de faire glisser le curseur qui règle la tension de l'élastique du soutien-gorge. Elle desserre un peu sa ceinture et, cambrant le pied, elle fait glisser sur ses talons les contreforts des escarpins à hauts talons qui tombent, roulent, déboulent avec fracas sur le plancher. Oui ! Elle respire !

L'Églantine reste là de longues minutes, anhélant légèrement entre les dents, d'un souffle court, pressé, en proie à une défaillance subite, cotonneuse, aboulique, les paupières lourdes, les seins moelleux, moites, endoloris, combien tremblants. Une faiblesse coule de ses aisselles, tel un filet de sueur courant le long du torse, se ramifiant sur les côtes, les lombes, pour s'épanouir sur la croupe en un bouquet de sensations troubles irradiant toute la zone sacrée. C'est un émoi qui est à la fois fléchissement de nerfs trop longtemps bandés, fatigue, effondrement, épuisement, suavité d'un sexe qui ne veut reconnaître aucune des résolutions de la tête. Le nom de l'homme aimé jaillit en elle, malgré elle et l'emplit comme une exigence de chaque parcelle de son corps. Présence torride, obsédante, délice et tourment !... Ah ! se faire caresser par cet homme qui est son roi, maître et seigneur de son plaisir, de son cœur, de sa joie, de sa mémoire ! S'abandonner, ne plus penser, ne plus lutter, renoncer à cet impossible combat contre les ombres diaboliques de La Niña Estrellita, déposer les armes, capituler sans conditions, se livrer à lui, rendue, vaincue, rampante, désespérée, honteuse et heureuse comme une chose de rien, une chiffe, un fétu entre ses doigts... Elle essaie de se ressaisir, mais les uns après les autres les muscles flanchent. C'est la débandade ! En elle, tout se heurte en ruées confuses, résolutions, sensualité, aspirations, peurs, tendresses, élans, désirs, lâcheté, passions, habitudes, angoisse. Ça se passe dans la croupe, la tête, le gésier, les seins ; l'écho en résonne jusqu'au fond des orbites. C'est le naufrage à peine la voilure hissée pour l'aventure, sitôt le port quitté, avant même que d'avoir affronté les hasards de la haute mer, les sargasses, les vrais périls. L'Églantine glisse du lit, elle s'effondre sur la carpette, la poitrine nouée, en proie à une crise convulsive frénétique, le souffle coupé par le spasme du sanglot. Elle se mord les lèvres jusqu'au sang, elle se roule, frappe le crâne contre le sol à coups redoublés, labour le plancher de son front, s'arrache les cheveux, essaie d'agriffer les lames du parquet, se déchirant ainsi la cuticule des ongles aux éclisses. À pleine bouche elle mange le tapis de corde. De longues minutes elle se vautre, secouée de soubresauts, de saccades, se tordant, se contorsionnant, grimaçante, lubrique, désespérée… Ah ! pourquoi la mort ne veut-elle pas venir, mettant fin à ce supplice qu'elle endure depuis le jour néfaste où elle a poussé son premier cri à la vie, alors que l'air s'engouffrait dans ses poumons et que le soleil envahissait ses yeux. Non ! Tout ça n'a aucun sens, aucune portée, l'existence ne peut être qu'une ineptie du hasard, et si un dieu personnel a engendré cette vie, il s'agit certainement d'un dieu carnassier, dément, insensé, imbécile, plus bêtifié que tout le bestiaire de sa création ! Ah !

trouver la force d'en finir!... L'Églantine n'est plus qu'un ver, qu'une larve, qu'un malheureux scorpion en proie à la rage, à l'enfer, aux calamités des jours.

Peu à peu la crise s'apaise cependant, les nerfs épuisent leurs dernières décharges, elle gît, incolore, sans force, à demi consciente sur le parquet. Les minutes s'écoulent, amenant cette phase d'inertie par laquelle la nature arrive à contrebalancer les pires effondrements du tonus vital, à juguler les plus féroces détresses, nous permettant de franchir ainsi les plus mauvais pas et d'équilibrer le cours ondoyant, plein et délié, rapide, tumultueux, lent, tremblé, de l'existence.

On gratte à la porte... L'Églantine tressaille. L'œil s'ouvre, la bouche se ferme, une onde froide la parcourt et l'incendie s'éteint brusquement :

— Oui ?...

La voix de Félicia s'élève, petit clairon impératif sonnant la diane gaillarde du réveil inévitable :

— Mam'zelle !... Si vous voulez manger, faut venir maintenant !

Oui. Il faut. Elle doit. C'est la suprême épreuve dont elle doit triompher. Elle s'est engagée non pas envers elle-même, mais par-devers lui. Il croit en elle, il espère... Pour l'instant il est peut-être encore au Sensation Bar, désemparé, têtu et toujours confiant. Saillie d'un coin secret, une énergie désespérée soulève l'Églantine. Elle saute sur ses jambes, court au coin de toilette, se verse le contenu du broc sur la tête et reste là, le visage immergé dans la cuvette, laissant l'eau accomplir sa révulsion vivifiante. Cette après-midi, elle doit sortir. D'abord il faut qu'elle s'achète des chaussures, des chaussures à talons plats et aussi des vêtements. Elle doit se créer une autre silhouette, adopter une autre allure, se sculpter un nouveau visage, se refaçonner tout entière et puis, surtout, chercher une occupation. N'importe quoi. Un petit négoce, quelque chose à acheter, à revendre...

Il faut en finir ! À quoi bon rester là à ressasser des décisions déjà prises ? Pourquoi ratiociner sur les petits détails d'un choix désormais irréversible ?... On vit, on meurt ! S'élancer en plein ciel comme l'oiseau bleu de la foudre… La pensée est bâtarde, devient un vice contre nature quand elle ne sert pas de prologue à l'action… L'oiseau… Comme dit la chanson, quand l'oiseau s'envole, qu'il tire ses bordées, il y en a qui pensent. Je voudrais être lui !… Or c'est ce qu'il ne faut jamais dire… Et puis, zut ! Il faut descendre manger, a dit Félicia… Se coiffer… Défriper la robe… Se préparer… Descendre.

L'Églantine va dans l'escalier de la pension Colibri. Elle avance d'une démarche réflexe. Deux ruisseaux acides fusent le long de ses mâchoires. La pulsation rythmique du sang dans la tête – pic-vert picorant le sommet du crâne – exacerbe l'agacerie sans cause de tout l'arbre des nerfs… Oui, vivre d'abord. Accomplir des gestes, les organiser en actes, gouverner ses œuvres pour trouver un nouvel équilibre…. L'Églantine descend les marches de l'escalier de béton, elle se porte à peine, elle va… tout reconsidérer. Par exemple, se débarrasser de ce balancement significatif des hanches qui est tout un programme, la dégaine provocante de La Niña Estrellita. Réapprendre à descendre un escalier en toute simplicité, réapprendre même à marcher... Se dépouiller de toutes ces superfluités, ces minauderies, ces mignardises, ces affectations qui ont proliféré pour mieux accrocher le regard. Se défaire du pli de cet endormissement de la paupière, de ces écarquillements jusqu'au blanc des yeux, de ces moues, de toute sa chiennerie semi-consciente d'allumeuse asexuée, secondes natures piteuses qui l'affligent toujours. Retrouver l'ingénuité, la fraîcheur et surtout la spontanéité des moindres mouvements d'Eglantina Covarrubias y Perez, laver toutes ses attitudes familières à la grande rivière purificatrice du travail, passer son corps à l'eau lustrale de l'honnêteté, rincer ses yeux à l'indigo de la vérité et de l'amour... L'Églantine atteint les dernières marches, ses talons claquent contre les arêtes vives des marches, elle tient fermement son cap, elle touche au but... Il faut respirer largement, d'un souffle régulier, à pleins poumons.

— … Rrr… crrr !…

Athlète adipeux, mais souple, perché sur le sommet de la stalle vide de madame Chatard, le chat joue au jeu des métamorphoses. Il se ramasse, s'étire, crache, émet soudain un miaulement aphone, faux miaou qui fait frissonner l'émail des dents et ébouriffe les nerfs. Boule ondoyante, velours miraculeux, vivante sinusoïde à fourche, le matou cossu se roule dans sa pelisse noire bleutée, les soies brillantes, les moustaches dressées, un sourire équivoque aux babines ; il fait fulgurer le vif-argent de ses yeux verdelets et coule l'eau froide de son regard dans la fente d'une paupière indolente. Le félin somnole et ricane méchamment :

— Rrr… crr…

Au coin de la vaste salle, sur une petite table laquée d'une peinture flamboyante, le couvert est dressé. Des napperons en sisal bleu ciel servent de garniture. Une femme est déjà installée à l'une des places et déjeune. Elle lève aussitôt les yeux, regarde l'Églantine qui s'approche, tirant sur ses jambes. D'un air engageant l'inconnue lui sourit :

— Ne vous pressez donc pas !... Je connais la boîte. Félicia attendra, voilà tout !... On paie assez cher pour être servi comme on nous traite ici !...

Dans un suprême effort de cordialité, l'Églantine trouve un sourire. Elle s'approche et prend place face à son interlocutrice qui mange distraitement et se replonge dans la lecture de son illustré. Émission à haute fréquence, le bourdonnement d'oreilles est une cigale qui taraude le tympan. L'inconnue est une femme réservée, trente-cinq ans environ, bien découplée, le muscle ferme et nerveux. Le visage paraît affable cependant, régulier, une carnation de café fort, un nez rond, des lèvres charnues, l'œil est vif, le sourire facile mais mesuré éclaire d'une nuance de douceur l'harmonie stable et l'énergique fraîcheur des traits. Chaque rondeur, les méplats, tout le modelé de cette face est empreint par la même expression réfléchie d'assurance, d'équilibre, de fermeté, de hardiesse, d'indépendance et d'intelligence pratique. Tout en elle dit la maîtrise des passions et la trempe du caractère : sobriété de la mise, simplicité de l'impeccable petite robe de lin bleu foncé, légèreté du rouge à lèvres, rudesse des mains, port de tête, maintien. Sans aucun doute, il s'agit là d'un caractère ouvert à l'humeur robuste et équilibrée, à la vie intérieure à la fois pétulante et pondérée. Elle lit.

L'Églantine met de l'huile dans sa salade, renverse le sel et rattrape à temps la poivrière au bord de la table. L'inconnue lève les yeux, les pose sur son convive :

— Je ne vous ai jamais rencontrée ici... Vous venez pour la première fois ?

L'Églantine acquiesce et baisse la tête.

— Le voyage a dû être fatigant... Vous devriez vous reposer...

L'Églantine nie du chef, sourit et remue sur son siège.

— Vous ne parlez pas créole ?... Vous êtes puerto-ricaine peut-être ?

— Cubana ! répond-elle en espagnol.

Un petit silence se propage. Félicia apporte la suite du déjeuner. De la viande aux petits concombres, du riz aux pois, une soucoupe de bananes mûres frites.

— Je vous apporte un jus de fruit?... Corossol, melon ou grenadine?...

— Grenadine! réplique-t-elle avec un accent créole impeccable.

Félicia s'esquive souplement, faisant ondoyer un corps couleuvrin, pimenté par une adolescence qui à la fois l'éperonne et l'attendrit. Les mollets ronds oscillent, en proie à une ardeur pétulante. La croupe chaleureuse et ferme se balance, s'agite, s'éloigne, cocon que travaille le printemps confirmé de sens encore ingénus peut-être mais déjà alarmés. Les subites tendretés, les alternances érectiles de ses seins primeurs, les feux et fumées d'un sexe qui subconsciemment l'amollit, la cambrure de la taille qui se féminise et délise au gré des pas, toutes les attitudes instinctives de ce corps chantent la vénusté promise. La féminité titille et bande orgueilleusement, naïvement l'anatomie de cette Félicia qui disparaît à travers la porte. La soif! La volupté est là, impérieuse, irrésistible, l'heure fatale de l'amour va sonner au cadran d'une vie, l'enfance se meurt encore fleurie. Une option imminente va conditionner les franchises d'une existence mais la vraie liberté du choix est problématique. Que dira la destinée pour Félicia ? Où l'entraîne l'avenir ? Que lui réserve la dure condition de la femme caraïbe ?

L'Églantine enserre ses tempes entre le pouce et l'index de la main gauche, exerçant une compression impitoyable sur la boîte crânienne... Le bourdonnement d'oreilles s'assourdit un instant. Ça se calme. Elle se remet à manger. L'inconnue lui pose alors la main sur l'avant-bras :

— Ça va ?...

L'Églantine bat des paupières et répond en espagnol :

— *Eso si... Vava ! ... Tengo solamente un zumbido en el oído*[1]...

— Les affaires marchent au moins ?...

[1] « Mais oui... Ça va !... J'ai seulement un bourdonnement d'oreilles... »

La femme pose son regard sur l'Églantine. Celle-ci se trouble et se force à avaler. Ça passe mal !

— C'est-à-dire… Je cherche… Oui, je voudrais faire des affaires, du commerce… Je ne sais pas…

Cette fois l'Églantine s'est exprimée en créole. L'inconnue l'évalue du regard, en un clin d'œil.

— Vous avez déjà fait du commerce ?

— Un petit peu… Autrefois… Mais je voudrais recommencer… Je voudrais placer un peu d'argent dans un petit négoce… Me remuer… Troquer un peu de fatras contre de la poussière.

Le silence tombe et s'étend. Le silence fait renaître l'hésitation et l'hésitation le nourrit.

— Passez-moi la moutarde, s'il vous plaît…

C'est l'Églantine qui brise le silence d'un éclat argentin. Elle reçoit la moutarde. La femme l'envisage :

— Quel âge avez-vous ? interroge-t-elle.

— Mon âge ?… Vingt-cinq… non,

vingt-six ans…

— Des affaires de cœur, n'est-ce pas ?… Il vous a laissée tomber ?

Le visage de l'Églantine se ferme, le regard planté dans les yeux de son interlocutrice, barricadée…

— Pour ce que j'en dis !… Tranquillisez-vous, allez ! Nous connaissons toutes ça. Je ne désire nullement vous interroger… En tout cas, permettez-moi de vous donner un conseil. Faites attention si vous n'avez pas l'expérience des affaires dans ce pays… Il ne faut pas se confier à n'importe qui par les temps qui courent…

L'Églantine s'arrête de manger. La femme poursuit :

— Tenez ! Moi, pour le moment, je négocie sur le sel… Eh bien ! pas plus tard qu'hier je me suis fait stupidement embobiner par un client. Résultat, j'ai eu un manque à gagner important et je n'ai plus de marchandise. Ça m'apprendra !… Or il y a beaucoup à ramasser sur le sel ces jours-ci… Les prix montent sans cesse. Il y a rareté… Avec le mauvais temps qui règne sur les côtes de l'Artibonite, il n'y a pas d'arrivages... Les voiliers n'en veulent pas prendre le risque à moins d'un grand profit... Après ma bêtise, je ne sais si j'arriverai à réaliser quelque chose avant la fin de la hausse... D'autant plus que je viens de placer de l'argent dans une propriété, je n'ai plus que peu de liquide. Je ne désespère pas toutefois de trouver quelqu'un pour partager avec moi les frais d'affrètement d'un voilier. Je saurai bien ramener du sel, coûte que coûte !...

— Et ça coûte cher, affréter un voilier ?

— Cher ?... Ça dépend... Je pourrais arriver à en trouver un grâce à un ami... Dans les huit cents à mille piastres... Transporter les marchandises des autres, c'est faire du faux fret... Ces jours-ci il y a trop de risques et les armateurs n'en veulent pas entendre parler... Cette hausse est tout à fait inattendue, enlever les frais de nolisement de ce que j'ai comme liquide, ça ne vaudrait pas le coup de prendre tant de risques...

L'Églantine réfléchit. Avec ses économies et les six cents dollars de La Rubia, ça fait environ seize cents dollars... En bazardant les bijoux, elle arriverait à acheter une petite maison, mais qu'est-ce que ça peut lui rapporter ? La louer n'assurerait qu'une pitance, la misère noire… Y installer une boutique ? S'asseoir, attendre les pratiques pour y débiter cinq *cobres*[1] de beurre et dix *cobres* de sucre ?… Non merci ! Plutôt la mort tout de suite ! Jamais elle ne pourrait supporter une telle vie… Il faut qu'elle se remue, qu'elle change de paysage, surtout ces jours-ci…

— Et combien ça peut rapporter comme bénéfice, un chargement de sel ?

— Ça vous intéresse vraiment ?… Mais ces jours-ci, on vend tout ce qu'il y a comme sel ! Il y a rareté, vous dis-je… Au bas mot du 80 %, et ce n'est rien à côté de ce que ça peut rapporter dans quelques jours si le mauvais temps se maintient… Mais il y a toujours des risques dans ces affaires, vous savez… Avec le mauvais temps, naviguer, c'est risquer sa peau !…

---

[1] *Cobre :* de l'espagnol *cobre*, cuivre, désigne les centimes de la gourde haïtienne.

L'Églantine réfléchit. Avec ses économies et les six cents dollars de La Rubia... Peut-elle faire confiance à cette femme ? En tout cas, voilà un genre d'activité qui lui conviendrait. Quelque chose de mouvementé... Même si le bénéfice n'est pas formidable, si ça peut lui assurer la subsistance, ça lui irait pour le moment... Pourvu qu'elle n'écorne pas son capital. Sortir de cette expectative, vite !...

— Je ne vous conseille rien, mais si vous avez vraiment de l'argent à placer et que ça ne vous fait pas peur... On ne ferait que louer le voilier en commun. Chacune se fournirait en sel selon son cash... Avec mon exemple, vous aurez tôt fait de vous tirer d'affaire... Cependant, je ne vous le cache pas, c'est assez dur comme travail. Si vous n'avez pas l'habitude de vous remuer, mieux vaudrait ne pas s'y lancer. C'est pas pour les rosières !... La tempête, le soleil, le travail aux salines, pour se faire à ça il faut avoir un bon tempérament !...

Qu'est-ce qu'elle a à perdre au fait ?... Elle saura toujours se défendre si cette compagnonne voulait lui faire une entourloupette. À l'occasion la batterie ne lui fait pas peur, la vie lui a appris à se gourmer à toutes les armes, à coups de tête, à coups de dents, à coups de surin et son petit revolver n'est pas rouillé!... L'Églantine repousse son assiette... Ah! cet émoi!... La palpitation de sa tempe devient de plus en plus douloureuse. Il faut faire vite de se mettre au turbin! Faire taire La Niña, la faire chigner, la perdre dans un univers inconnu, mer, ciel, bleu des vagues, ténèbres de la tempête, ombres ricanantes et ruantes des embruns, salure, limpidité, amertume des cristaux de sel sur le tillac, âpreté de la langue râpeuse du vent vierge, absurdité de l'horizon et ces désespérantes étoiles des nuits sans issue!...

— Je voudrais d'autres renseignements?... Le prix d'achat du sel, le prix de vente, tout. Ça m'intéresse... Je dois sortir, aller chez le notaire et faire quelques achats. À mon retour nous pourrions peut-être nous rencontrer?...

— Vous savez, moi, je suis une femme seule, une femme libre, sans liens, sans frein, sans obligations envers âme qui vive, je vis ma vie comme elle vient... Je ne voudrais pas avoir d'histoires... Avez-vous une famille, quelqu'un ? Si oui, sachez que vous prenez des responsabilités... En tout cas, si ça vous intéresse vraiment, il n'y a pas de temps à perdre. Pour ces affaires-là, le plus tôt c'est de grand matin ! Si vous n'avez pas trop de choses à faire, nous aurions certainement le temps de tout régler... Si cela ne vous dérange pas, je pourrais sortir avec vous, nous causerions en route, puis nous irions voir pour le voilier. Je m'appelle Célie Chéry... Je pense... que... »

L'Églantine se lève brusquement.

— Allons ! dit-elle.

— C'est tout réfléchi ?... Nous pourrions...

— Allons !... répète l'Églantine.

Fruits de la lumière, les grappes d'étoiles se balancent aux mâts et aux vergues du port, au gré de l'alizé qui fait ses gammes dans les cordages. Les ais du bâtiment craquent, la voilure poursuit l'immémorial vieil aria de marine, les vaguelettes se pourchassent, pétulants lézards d'argent, l'horizon est un haillon funèbre, implacable, opaque et menaçant. Sur le château-gaillard d'arrière, l'Églantine est étendue sur une couverture, tout habillée, en blue-jean et en chemisier de grosse toile, sur le flanc. L'avant-bras dressé en appui-tête, la joue encastrée dans sa paume.

— Ô mon petit ciel de la Caraïbe !... Me voici, les entrailles pantelantes, la tête vide, le sang ouvert et le cœur bourrelé, attendant le partement...

La nuit oscille, creuse, sans fissure, parcourue par un infra-son strident, silencieuse et sonore comme un fin cristal de Bohême. Le fanal rouge de beaupré flamboie, frissonne, est l'œil même de la fatalité. L'Églantine regarde, dans un état de conscience seconde, les oreilles bourdonnantes, une écharde au front. Pan !... Le sang est projeté et galope jusqu'aux moindres capillaires... Plouf !... Dans la latence de la nouvelle contraction, la tension du système clos se relâche. L'emprise se desserre… Respiration… L'émoi s'approche de nouveau, à pas feutrés… Pan ! L'étau reprend soudain les tempes dans ses mâchoires… Le cœur, la vie…

— Ô mon petit ciel de la Caraïbe !… Me voici, verte, bleue, jaune, irisée, pour retomber en un éclair dans l'infra-rouge où je me noie.

Sombrant et émergeant sans relâche du tellurisme crispant de cette nuit d'ivoire, l'Églantine étire les jambes, bombe le torse, respire, fait craquer les vertèbres de son cou et se redresse.

En proue, les deux poings aux hanches, les jambes écartées, Samuel, le capitaine, scrute la nuit, statufié. Assis sur un paquet de cordages, le mousse Déodat joue aux osselets, le visage perdu dans un rêve de nombres d'or et de perfection. Les trois marins vont et viennent. Célie Chéry est depuis un bon moment dans la cabine du subrécargue. Non, ça n'a pas l'air d'un coupe-gorge et personne à bord n'a l'air d'un forban. N'empêche, le petit revolver est dans la poche du blue-jean, bien camouflé et l'argent, cousu dans une pochette de plastique dans la doublure du pantalon.

— Pareillez !... Décarguez le foc !...

Le triangle blanc se déplie et la drisse maintenue par le mousse fait onduler la toile à la recherche des moindres halètements de la brise. Le bâtiment frémit. Il bouge.

— Remontez l'ancre !...

Le capitaine Samuel retourne à l'arrière et s'empare du gouvernail. La chaîne de l'ancre grince, la voilure gémit et le foc est un goitre de grand-gosier[1] fou de l'alizé nocturne. Lentement le voilier *Dieu-Premier*, souple comme un vrai dauphin de la mer, s'éloigne du quai de cabotage. Il se faufile entre les barques, les coralines et les naves. Remettant en ordre ses cheveux, Célie Chéry se dirige vers l'Églantine, sans la moindre gêne dans le regard.

— Comment ?... On part déjà ?

---

[1] *Grand-gosier :* pélican.

Le voilier prend son allure de bête de race, va grand-erre et dessine des méandres sur les eaux lamées. Célie Chéry s'allonge à côté de l'Églantine.

— Décarguez les voiles !...

Le capitaine fait signe à un marin qui vient le remplacer à la barre. Samuel va de nouveau se camper en proue, à côté du subrécargue. La brise gifle les visages de plein fouet. Les longues ailes du bâtiment se sont déployées, toutes blanches, toutes grandes. Les marins s'agitent, mettent en place les derniers affûtiaux de croisière. Le *Dieu-Premier* arrive maintenant à la hauteur du Fort-l'Islet.

— En avant toute !...

L'Églantine se redresse vivement sur les coudes, à plat ventre, elle regarde les lumières du port qui scintillent, les colliers électriques qui frissonnent au col des montagnes, l'échiquier embrasé des mille et une fenêtres de la ville, enfin les taches du souvenir : « La Frontière » et son auréole qui poudroie, le campanile de Sainte-Anne, le Bel-Air et ses plaques de teigne sous les rares étoiles, les deux bras implorants de la cathédrale, cette immense verdeur du Champ-de-Mars, enfin la montagne bossue, piquetée de coups de bec par les saisons et l'immémoriale misère des hommes s'écaillant sur le bourrelet infectueux des faubourgs, tout s'éloigne dans une lenteur vertigineuse, rêve et réalité, lieux de paix, chambres de torture, électricité spectrale des lampadaires et les rues et les toits et l'adieu farfelu des arbres convulsionnaires. La Niña est morte! L'Églantine s'en va!...

Une ombre furtive passe sur son visage, en fait un crâne macabre qui sourit douloureusement.

— Quelque chose ne va pas? Vous ne vous sentez pas bien? interroge Célie Chéry.

L'Églantine se tait. Elle n'a pas l'air d'avoir entendu. Elle est empoignée par la corrida des souvenirs. Dans la ville qui s'éloigne – ce redondel –, le taureau fou de la vie se rue dans une charge bondissante et rebondissante, tournique sur lui-même, fonce, bouscule les toits familiers, défigure les touffes vertes des arbres amis, déforme, mélange les places publi-ques et les carrefours de naguère où hier encore, La Niña se décomposait au soleil. Pendant un court instant le Portail Léogâne apparaît en enfilade, sillonné par le rallye lubrique des voitures lancées à toute allure dans la course au sexe. Des visages surgissent en surimpression sur le paysage. Les voilà tous, tout le petit monde de La Niña Estrellita, noctambules, *palgos*[I], souteneurs, *chulos*[II], maquereaux, *bouzins*[III] et autres désespérés, grimaçant dans le roulis et tangage de la ville et le tournis des montagnes… L'angoisse !…

— Vous paraissez vraiment fatiguée, reprend Célie Chéry. Vous pourriez peut-être aller vous reposer dans la cabine du subrécargue. Il n'y aurait pas d'inconvénient, tout le monde peut être fatigué… Il m'a dit que…

Crispation excédée du visage, mouvement brusque, saccadé du cou… L'Églan-

---

[I] *Palgo :* homme généreux avec les filles.
[II] *Chulo :* favori de prostituée.
[III] *Bouzin :* fille.

tine montre son énervement, écarte sans aménité l'intervention importune. Célie Chéry hoche la tête, désolée, puis se relevant appuie fraternellement la main sur l'épaule de son associée. Celle-ci se dérobe vivement à ce contact, excédée, prête à toutes les grossièretés. L'angoisse est là, pongitive, fugace. Célie Chéry jette un dernier regard à la forme qui s'étire éperdument pour regarder la ville qui disparaît, rivée au rivage. Daniel, le subrécargue, interroge Célie du regard. Celle-ci hausse des épaules et suit le subrécargue qui descend les marches conduisant à l'habitacle.

L'Églantine est traversée par une onde enfiévrante. Le soleil vultueux du désir surgit soudain entre ses cuisses, allume son sexe, empourpre son visage, fait trembler ses mains et s'éteint aussi brusquement qu'il a apparu. Les feux rouges et bleus du sémaphore au loin brûlent comme des astres, puis la haute superstructure d'acier ajouré s'abaisse lentement. La ville a disparu.

La nue frissonne, laissant une impression de sombre couleur incertaine. Le *Dieu-Premier* avance d'une allure régulière. Il tangue légèrement, bien tenu en main par son capitaine. Deux marins sont assis en proue, les pieds pendant contre le sabord, le bras tendu en direction du large, l'un d'eux s'exclame :

— Admettons !… Regarde !… Captain' Samuel ! Captain ! Samuel ! Venez voir !…

Remue-ménage sur le pont. Un dormeur se réveille en sursaut. Célie Chéry apparaît en chemise de jour, la chair des aisselles culbutée à travers les emmanchures, les yeux encore élargis par le plaisir interrompu, égarée, molle, fermant d'une main le corsage et de l'autre lissant ses cheveux ébouriffés :

— Qu'est-ce qui se passe ?…

Ayant remis le timon à son mousse, le capitaine Samuel s'approche. Dans le lointain une muraille de plomb mordoré s'élève en demi-cercle de l'horizon, étayant la calotte étoilée de la nuit. À tribord, en plein ciel, parmi les hiéroglyphes de nuages, la poussière des galaxies et les constellations, se déroule un étrange phénomène. D'un foyer qui bat comme un cœur partent de mystérieux cercles concentriques qui scintillent d'un éclat pourpré, vivement s'élargissent, se meuvent puis fusent à travers tout le firmament. Sans cesse de nouveaux anneaux renaissent de l'épicentre, sanglants, impalpables, quasi immatériels, éblouissent la vue, frissonnent, s'agrandissent pour éclater et disparaître aux limites de l'infini.

— Qu'est-ce que ça peut être, captain' Samuel ? demande Lanor, un grand gaillard tanné par les embruns. Avez-vous déjà observé chose pareille ? Pour ma part, depuis le temps que je roule ma bosse sur la mer, je n'ai jamais entendu parler d'une chose de ce genre !... Ce doit être Papa Diable qui fait des ricochets avec les étoiles. Ah ! Captain ! Samuel, je vous dis que le bon Dieu est fâché avec le pays ! Les grands-nègres[1] en font tellement voir de toutes les couleurs aux pauvres malheu-

---

[1] *Grands-nègres :* les puissants.

reux qu'un de ces jours le ciel finira par s'effondrer ou bien la terre s'engloutira dans les flots avec nous tous !... Pas vrai, captain' Samuel, que ce que nous voyons est un présage, un signe certain de la colère divine ?...

Enfin sorti de la cabine le subrécargue vient se ranger en proue à côté du capitaine et des marins rassemblés. Samuel observe longuement l'étrange tourniquet météorologique. Pas un muscle de sa face anguleuse ne bouge. Il tourne les talons...

— Chacun à son poste ! bougonne-t-il. Tout ce que je peux vous en dire, c'est que le voyage se déroulera comme prévu. De toute façon le ciel ne fait pas tant de chichis pour nous autres pauvres malheureux. Ce télégramme n'est pas pour nous... Allez donc vérifier encore une fois les haubans et les cordages de la voilure. Nous subirons bien un gros temps assez sévère, mais qui ne le savait ?... Et puis ce n'est pas pour tout de suite. À mon bord, comme on fait son lit, on se couche !... Vérifiez tout et ne vous mettez pas d'idées en tête. Pour le reste, à la grâce de Dieu !...

L'Églantine regarde la voûte céleste. Tout a maintenant disparu dans la mare au diable du firmament. Elle étire ses membres. Qu'importe ! Que lui importe ? Qu'importe aux humains écroulés dans leurs petits malheurs quotidiens la sempiternelle crise de tétanie de l'univers ? L'Églantine étire ses membres, soulève le dos et tend le corps en arc pour apaiser la crampe qui lui cisaille les reins. Que peut-il survenir de pire que le mutilant train-train de la détresse journelle ? L'Églantine s'agite, se tourne, se retourne sous la couverture étalée à terre, torturée par l'insomnie. Pas la moindre nausée, nul soupçon de mal de mer, mais une alerte constante de l'ouïe tendue dans l'attente d'un son imminent qui inévitablement devrait déchirer l'espace et qui pourtant ne vient pas. L'air marin est sec, magnétique et charrie une électricité frileuse, irritante. La moindre variation survenant quelque part dans l'immense atmosphère semble devoir être perçue. L'air n'est que la vibration continue de particules électriques, il y a comme une stridulation silencieuse, inaudible et cependant concrète, panique, infra-son, feu grégeois de l'étendue, à tarauder la nuit. L'Églantine ouvre la petite boîte de somnifères, prend un comprimé et l'avale. Le corps étranger reste dans l'arrière-gorge, accroché à quelque repli de muqueuse. Elle déglutit sa salive pour faire descendre la pastille. Il faut boire… Elle fouille dans son sac de voyage, tire une bouteille de Canada Dry *ginger ale*, d'un coup de dent fait sauter la capsule et boit. Un haut-le-cœur la soulève à ce goût doucereux et piquant, interlope, qui lui envahit la gorge… Pouah ! Dans son corps elle éprouve aussitôt la sensation du besoin du stupéfiant auquel elle est depuis si longtemps accoutumée : l'alcool. Ce n'est que maintenant que surgit l'affre du sevrage brutal auquel elle s'est soumise depuis l'avant-veille. Elle n'y avait pas encore pensé !… L'évocation fraîche et tonique fait frissonner toutes les papilles de sa langue, le voile du palais se contracte… La bière forte amère et glacée… Le rhum-soda… Le gin qui coupe le souffle ou n'importe quel tord-boyaux!... Une seconde sa pensée reste suspendue au-dessus des sensations éprouvées. La bouteille de rhum est là, dans le sac de voyage. Elle ne bouge pas cependant, les membres brisés, la gorge serrée, la tête martelée par la migraine...

Célie Chéry s'approche. Flotte autour d'elle cette subtile odeur de la chair humaine après l'amour, odeur résineuse, heureuse, défaillante. Les narines agacées par cette perception inattendue, l'Églantine ferme les yeux... La cabine... Le subrécargue... Célie Chéry s'allonge à proximité, les membres abandonnés, chaude, molle, béate, elle freine des lèvres la respiration languide qui s'échappe de sa bouche. L'Églantine serre désespérément les dents, se barricade à toute perception qui pourrait augmenter son désarroi... La palpitation des tempes... Le bourdonnement d'oreilles... La douleur intra-orbitaire... Acidité paroxystique de la bouche, lent frisson qui la frise, émoi du sexe, insomnie, bercement mécanique du voilier qui vogue, cette atmosphère dense, pesante, magnétique et l'infra-son hurlant des démons de l'espace, le ciel, les nuées et la mer sirupeuse, tout concorde à l'abîmer plus profondément dans l'état de conscience seconde dans lequel elle se noie et émerge alternativement depuis le matin. Une journée sur les montagnes russes !... Dormir, dormir pour tout de bon !... Les yeux grands ouverts, l'Églantine compte les étoiles qui, en grappes, se balancent à l'arbre du grand mât.

— Moi, j'ai choisi la solitude, les actes libres, brefs et sans lendemain qui assurent ma quiétude, articule Célie Chéry.

L'Églantine détourne la tête. Le *Dieu-Premier* poursuit son voyage.

II

ROUGE

Au son de la cloche, les dormeurs ouvrent machinalement l'œil. C'est l'heure du quart. Lanor se dresse et va prendre la place du capitaine à la barre. Celui-ci, le front barré, regarde longuement la nue. À l'est, une vive rougeur ensanglante les flots et le ciel. À l'ouest, la sombre muraille de nuages a pris un éclat métallique, fulguré de temps à autre par des zébrures dorées. Les mains dans les poches de son pantalon, le capitaine déambule à pas lents sur le pont, les épaules rentrées, indécis. En dépit du petit jour qui s'approche, l'air est obstinément pesant. L'Églantine est à la même place, allongée sur le dos. Le lancinement de la tête s'est tempéré, faisant place à une lourdeur confuse au fond des orbites. Depuis quelques instants, un fourmillement intermittent picote ses doigts, ses orteils glacés et – régiment de tarentules folles – part à l'assaut, remonte le long des avant-bras, des bras, des mollets et des cuisses pour s'arrêter net à la racine des membres. Aussitôt alors, un grand frisson la secoue et tout s'achève brusquement. Elle retombe dans l'anéantissement mélancolique, sans pensées ni rêves, qui la colle au plancher depuis la veille, atone, inerte, gélatineuse. Après quelques minutes qui lui paraissent une éternité, un giclement de salive acidulée, agaçante comme un citron verdelet, lui envahit la bouche et tout recommence : froid, fourmis et frisson.

La grenade du soleil émerge peu à peu des flots, monte lentement dans le petit jour nocturne. La lumière n'a pas encore jailli, seul un sang fluorescent émane de l'astre mat et diffuse dans l'obscurité transparente qui flotte sur une moitié de l'horizon. Le large globe est d'une parfaite netteté de contours ; à peine si une vague couronne radiée entoure le corps céleste qui se met à brasiller telle une lampe au néon en retard d'allumage. L'Églantine promène son regard morne sur cette aurore, rassemblant ses perceptions afin de retrouver l'usage de sa pensée. Le *Dieu-Premier* file nord-nord-est depuis qu'il a dépassé l'île de la Gonâve, se dirigeant presque exactement vers le sommet de l'angle que forment les deux plans coupés qui s'affrontent quelque part au septentrion : le rideau de nuages sinistres qui barre l'ouest et la surface plate de l'aube en deuil qui s'étale en est. Le vent est presque tombé. Le voilier est poussé vers son but par une sorte de toux atmosphérique intermittente, il progresse par saccades. Au lieu de s'éclairer, l'orient prend une teinte rouge sale qui noircit sans arrêt, le soleil y monte, sans rayons, sans halo, comme en pleine éclipse.

Le subrécargue a rejoint le capitaine Samuel. Ils s'entretiennent à voix basse près du bastingage, à bâbord. Célie Chéry les rejoint vivement.

— Captain' Samuel ?... La tempête qui se prépare n'est pas chose banale... Ne ferions-nous pas mieux de rejoindre la côte et de nous abriter dans une petite anse en attendant la fin de la bourrasque ?...

Le capitaine toise un instant son interlocutrice, d'un œil négligent, puis se tourne vers son subrécargue qui lui chuchote quelques mots.

— Captain' Samuel ! Je vous parle !... Vous pourriez peut-être me répondre !...

Excédé, le capitaine Samuel la regarde encore puis se détourne complètement. Célie Chéry interpelle alors le subrécargue :

— Andréo, toi aussi tu pourrais répondre quelque chose ! La tempête vient sur nous à toute vitesse ! Il est grand temps de s'abriter... Le capitaine Samuel...

— Écoute-moi bien, Célie... Au départ, tu as exigé que l'on prenne la mer et qu'on poursuive quoi qu'il advienne, nous avons tous accepté, dit le capitaine. Que viens-tu nous chanter maintenant ? Tu as affrété le voilier, c'est entendu, mais en mer, je n'ai pas à t'écouter !... Que connais-tu de la mer ? N'es-tu pas une femme ? Eh bien ! va trembler dans ton coin! Ça t'apprendra à faire des exigences!...

— Ce qui nous attendait, tout le monde le savait, reprend le subrécargue. Il y a belle lurette qu'il n'est plus temps de s'abriter. Le nordé nous tourne à toute vitesse. Rejoindre une anse, c'est la perdition certaine sur les brisants de la côte... Tu as suffisamment voyagé en mer pour le comprendre. Regarde ce qui se passe à tribord et va te coucher! Tu n'as qu'à descendre avec ton associée dans la cabine. Laisse-nous en paix!...

En effet le saillant d'ombre et d'aube qui tout à l'heure s'était formé au septentrion a vu son angle terminal s'abraser peu à peu, se délayer en un magma confus. Le rideau de nuées accomplit un mouvement tournant vers l'est où l'astre blafard combat désespérément l'ombre envahissante qui sans arrêt plaque de teintes sombres l'éclatant drap d'aurore. Tous les soleils nocturnes se sont éteints. Dans la suie funèbre des cumulus qui s'approchent, chevaux d'Apocalypse, dont on commence à deviner le hennissement, tout le rouge matinal se noie et meurt ; seule la boule solaire flamboie dans la nuit revenue. Le crépuscule du matin s'est mué en un rabat-jour angoissant.

À bord du *Dieu-Premier* c'est maintenant le branle-bas. Les marins aux yeux ensommeillés ramassent des cordages, les objets qui traînent pour les abriter sous le château-gaillard d'avant. Dans l'obscurité carminée, les marins regardent ce rouge soleil sans rayons qui flotte au-dessus des flots sombres d'où bondissent de temps en temps des exocets tout bleus, rendus fous par le cataclysme qui s'approche. C'est tout un banc de poissons volants qui croise le voilier, décochement de petites bêtes aux ailes délicates qui s'élancent à qui mieux mieux des ondes encore calmes pour retomber plus loin dans des geysers brillants. D'autres hirondelles de mer, des sternes celles-là, des sternes au plumage nègre, au fin col mouvant et au bec fragile tournent désespérément autour des mâts. Participent au ballet aérien des mouettes à tête noire, des goélands ivoirins, des pélicans immaculés et même un gigantesque malfini [I] de mer, qui, très haut, dessine des cercles olympiques. Dans les eaux défilent des flocons de sargasse, des lagratelles [II] au sac glaireux, rubescent, aux longs filaments translucides qui irisent et ondulent tels des cheveux de noyée, enfin toutes les vomissures spumescentes de l'océan furieux. Maintenant la muraille noire est devenue un cylindre aux trois quarts fermés autour du *Dieu-Premier* qui commence à danser.

— Carguez les voiles !...

D'une voix enrouée le capitaine Samuel vient de jeter l'ordre inquiétant. La guerre est désormais déclarée entre le *Dieu-Premier* et les éléments qui se déchaînent déjà à vue d'œil, dans les lointains. L'Églantine promène un regard blanc sur cet immense décor tournoyant qui sans arrêt mue et remue. Sans comprendre, elle mire ce soleil malade qui rougeoie sur la gigantesque tapisserie dont il est l'unique fleur, elle suit des yeux chacune des ondu-

---

[I] *Malfini :* variété d'aigle.

[II] *Lagratelle :* méduse.

lations de la foudre qui brode d'arabesques cette paroi virtuelle, elle contemple la mer qui se frise de plus en plus, les hommes d'équipage qui courent en tous sens, la fugue des dernières étoiles, la chanson monocorde du gréement et le rire tragique des oiseaux de mer. Étrangeté de l'univers ! Étrangeté de la gesticulation humaine, étrangeté du sang dans les veines, la salive, la sueur, l'air dans le poumon, ce giclement terrifiant des humeurs sexuelles, la bizarre électricité des nerfs, divinité diabolique de la beauté animale des corps, de la féminité qui s'exhibe, cœur fou, toc-toc forcené des désirs dans le cabanon du crâne, jeux de lumière idéaux, mirage des sentiments au fond des yeux, étrangeté du temps et de l'espace, sable du plaisir dans la gorge, étrangeté de la joie, étrangeté de la douleur, merveille, irréalité, matérialité, douceur, incohérence, stupidité de l'acte dit libre et de tout, de tout ce qui nous pousse, nous berce, nous fait trembler. L'Églantine gît dans l'abominable sensation de la fuite des heures, sans même ce baume du mensonge perdurable, le dol sempiternel que l'humain s'inflige à lui-même pour mieux s'accepter.

— Eglantina... Il vaudrait mieux rentrer dans la cabine, le temps se gâte. Voyez comme nous sommes secoués...

— Rentrer ?...

Célie Chéry s'approche plus près, avec une légère hésitation dans le pas :

— Oui... Le *carabiné* va nous tomber dessus et... il peut y avoir du danger... Pas besoin de s'effrayer, mais... Quoi que vous entendiez de la cabine, ne bougez pas... Si les choses se corsaient on viendrait tout de suite...

— Vous ne venez pas, vous ?

— Bien sûr, je vais descendre avec vous...

— Mais vous n'allez pas rester ?

— Oui, mais j'ai l'habitude de la mer, moi... Je veux encore me rendre compte... Je viendrai tout à l'heure...

Toujours allongée, l'Églantine ferme les yeux sans répondre, immobile, en dépit du tangage. Elle essaie de se concentrer, mais incapable d'y parvenir, elle rouvre aussitôt les paupières...

— Alors... on va... on va mourir ?
— Mourir ?...
— Nous allons tous périr, n'est-ce pas ?
— Je ne crois pas qu'il puisse en être question !... Bien sûr, la tempête va nous tomber dessus, mais... c'est-à-dire...
— Pourquoi mentir ? murmure-t-elle avec un sourire si pâle, si tranquille, si serein que Célie Chéry en est déconcertée.
— Il ne s'agit sûrement pas de cela... Bien sûr, il y a du danger. En tout cas, vous savez nager, m'avez-vous dit ?...
— Nager dans la tempête ? interroge l'Églantine avec son sourire désarmant.
Silence. Les regards s'affrontent.
— Venez ! Mais venez donc, je vous en prie !...
L'Églantine ne répond pas. Nul ne peut atteindre l'Églantine là où elle s'est recluse. La Vierge del Pilar elle aussi s'est tue l'avant-veille, pour toujours. L'Églantine n'a désormais personne sur qui compter. Même *lui*, elle n'a pas voulu de son aide, elle veut jauger ses propres forces... Des lèvres, elle ébauche plusieurs fois les deux syllabes étranges : Mourir... Mourir...

Mou-rir ?... N'est-ce pas la disparition d'autrui qu'évoquent toujours ces deux phonèmes singuliers ? Mourir ! Et comment pourrais-je cesser de m'imaginer autrement que vivante ?... Mourir... L'Églantine plie les genoux, se redresse sur les coudes, manque de perdre l'équilibre, se raccroche et regarde le ciel. Le voilier est complètement entouré par les murailles de la tempête et bondit sur les flots, entièrement livré aux caprices de la houle. Accroché à la barre, à demi couché sur elle, le capitaine Samuel lutte et glapit des ordres. Le soleil est mort. Les tentures de la nue funéraire battent déjà aux premiers staccatos du vent.

— Vous seriez à l'abri dans la cabine...

Il faut maintenant hausser la voix pour se faire entendre. En baissant les paupières, l'Églantine rencontre le regard avide du mousse Déodat. Le gringalet aux membres déjà découplés entortille un paquet de cordages. Ses longues mains d'adolescent s'agitent vivement, adroitement, machinalement, mais ses yeux sont rivés aux prunelles énigmatiquement souriantes de ce visage extasié, pur, extraordinairement rayonnant. Se voyant observé, il baisse lentement la tête, balayant de son regard électrisé et timide le corps gracile, magnétique, légèrement impubère de l'inconnue avec lui liée à la fortune du *Dieu-Premier*.

— Ça devient sérieux, croyez-moi, insiste Célie Chéry. Regardez. Vous savez, la cabine est...

D'un lent et irrévocable mouvement de tête, l'Églantine refuse encore. Le voilier vire et volte. L'Églantine, elle, suit des yeux l'adolescent dans les yeux duquel, pendant une minute, elle a clairement vu passer le Désir, au bras de la Mort. Chacun des gestes trop calmes de cet enfant élevé à la va-comme-je-te-pousse par la vie, chacune de ses attitudes dit qu'il désespère de jamais éprouver avant de disparaître cette joie légendaire de l'existence, ce plaisir ineffable, l'ondée tragique et saccadée que, dit-on, la nature promet à tous les vivants. Et il n'a pas peur, mais il est épouvanté, lui, l'enfant, dont nul ne se soucie et qui poursuit calmement sa tâche ingrate dans cette catastrophe imminente qui reclut chacun dans la solitude quasi éternelle du cœur... Il voudrait... Il ramasse son paquet de cordes et gauchement s'éloigne.

— Alors ? Vous venez ?...

— C'est ça !... Tout à l'heure. Allez !...

L'Églantine sourit toujours. À l'avant les marins sont accrochés à la drisse du petit foc qu'ils manœuvrent selon les ordres que barrit le capitaine Samuel. Le mousse est avec le capitaine, arc-bouté à côté de lui, l'aidant à tenir la barre. Le voilier est ballotté, il bondit sur les flots, soulevé par d'immenses lames, puis retombe dans les dunes mouvantes de la mer. Tous les ais du bâtiment poussent de longs gémissements de bois tordu. Le *Dieu-Premier* jaillit, ricoche sur son étrave, puis se redresse, les marins à l'avant se couchent presque sur son encolure, tenant fermement le brin de voile triangulaire qui les secoue et les entraîne. La flèche brisée d'un éclair forcené s'abat, comme pour poindre, pour empaler la mer à moins d'une encablure. Épouvantée Célie Chéry s'en va, courant, emportant dans ses yeux le bizarre sourire de l'Églantine. Le bombardement et la mitraille démentielle du tonnerre se sont exaspérés, subito. Les éclairs pleuvent. Des paquets de mer balaient le pont. Une pluie grêleuse fouette le navire. La hurlerie a commencé. Bondissant sur ses jambes, l'Églantine va s'arc-bouter au grand mât et, aux lueurs fulgurantes, apparaît son visage diaboliquement radieux et ses grands yeux écarquillés. Les rires délirants de la mer et du ciel entourent sa joie vierge.

Au noir vitreux des heures, la lente cycloïde du temps fait onduler l'Églantine convulsivement agrippée aux grelins du grand mât. Amère délice de saint Sébastien, cette agonie procure une macabre volupté dernière, le vent a pour guitare un cercueil d'harmonie et le gréement grelotte et grince sous la grêle. Le Néant rôdaille, il avance son museau abscons, il approche, à chevauchons, sur son araignée de cérémonie. L'Épouvante transfigure l'Églantine, les bras en croix dans les haubans, frisés d'un tremblement léger, laiteuse, elle jouit. Ses yeux révulsés, oblongues obscurités d'argent, la parent d'une splendeur ténébreuse qui irradie et exalte sa féerique nudité – intégrale sous les vêtements mouillés qui collent à la peau –, les paquets de mer s'entrecroisent, la châtient, ses longs cheveux épars flottent, battent au vent, mais toujours redressée avec une énergie démentielle, bandée en arc, l'Églantine veut éprouver jusqu'à la fin, se repaître des sensations lascives du chavirement dans l'absurde. Hostie orgiaque, elle est parée pour l'holocauste.

Les spectres fulgurants se précisent, ils apparaissent, gesticulent et s'évanouissent, ils tracent des logogriphes d'or autour du *Dieu-Premier* qui louvoie, ils accomplissent leurs simagrées de mort au-dessus de la tête de l'Églantine, ils gambillent avec une joie cannibale, en bandes squelettiques et blêmes, tribu bleuâtre de loups-garous en appétit. Aucun cauchemar n'est inattendu, tous nos astres étincellent dans le jour entrebâillé du songe, les présages brûlent en vain, mais les prémonitions sont éblouissantes au clair-obscur du cœur malassuré. L'Églantine est au rendez-vous du feu céleste, elle l'attend, elle a la conviction vive interne que la foudre est pour ce soir, pour elle, de toute éternité. Cependant elle n'essuie que le tonnerre alors que la fulguration déchire la nuit rouge, perfore la mer et cuit à la broche quelque poisson hardi qui gigote une fraction de seconde, puis s'abandonne, électrocuté, frit. Ça pleut ! Trois ondées ruissellent et s'enchevêtrent : eau de lune, javelots de cristal et étincelles lustrales. Les œuvres vives du voilier jaillissent, découvrant sous l'intermittente lumière toute la tonture du bâtiment, quille, étrave et étambot, puis la carène s'enfouit, ras bord, s'abîme dans des gouffres aux babines voraces. La vertigineuse chute libre saisit les entrailles qu'elle saccage. Commotion indicible ; c'est la fin de tout, on sombre, on a sombré. Non ! L'Églantine se retrouve toujours à chaque fois chevillée au grand mât et le voilier bondit à la crête chevelue des vagues... Là-bas, en proue, les marins luttent toujours, ballottés, debout, renversés mais toujours liés au foc, ils se relèvent sauterelles opiniâtres. À l'arrière, tétaniquement couché sur la barre, le mousse cramponné à lui, le capitaine hurle des ordres dans le fracas du sinistre.

Morte-vive, cyanosée, rejetant l'eau par les narines, l'Églantine respire à grands coups, par saccades, désespérément agriffée. Le voilier s'abîme de nouveau. On remonte. Ça s'effondre encore. Encore! Encore!... Dans un tournis fantastique, on voit. Les yeux délavés vivent une extravagante aventure visuelle. Ce que voit l'Églantine, les revenants seuls peuvent en parler!... C'est l'entonnoir!... Un gargarisme fabuleux dans l'infini de cette gueule de dieu enragé. Tout est baigné de couleurs changeantes, le vert Véronèse vire au bleu vénéneux qui tourne au jaune purulent: monstrueuse vision interne de frappe-cocktail. Le gouffre est un gosier vivant qui resplendit, éructe, hoquette, avale, lance d'énormes bulles, des crachats visqueux, des jets, des vomissures gazeuses, pointant des luettes innombrables... On dévale !... Ce que voit l'Églantine... Sur cette falaise aux muqueuses veloutées, striées de lignes brisées parallèles, des dessins ornementaux se détachent, de texture délicate, leurs couleurs inédites font des plages claires, les figures algébriques fuient dans un désordre rigoureux, les cercles sont à la fois carrés, les losanges se gondolent, se bossellent, grimacent et les triangles accourent accouchant sans arrêt d'une marmaille aux angles mobiles. Toutes les lignes dansent, frissonnent, ondulent dans le quadrille infernal de géométries ésotériques... On tombe toujours !... Un son vrombit dans la béance de cette avaloire sans fond. L'abîme est une trompette d'argent qui corne dans la vastitude sa note unique de dysharmonie :

Do !... Do !... Do !...

Le bronze énorme de cette tonalité d'ut majeur fait effraction dans l'ouïe, elle éclate, saigne, ensanglante les oreilles, d'une liqueur acidulée qui engendre l'exacte couleur fondamentale de cette nuit d'épouvante… On voit… On voit le son effroyable, qui brame au goulot du précipice : il est rouge, rouge cardinal ! Do rouge dont la tessiture électrisée reproduit fidèlement dans l'espace le graphique de l'ondulation cycloïde qui caricature des heures l'Églantine éperdue.

DO !…

La note est rouge, rouge cardinal et son diagramme fluorescent ondoie, acidulée, convulsionnaire comme l'Églantine… On tombe ! Ça s'accélère ! On s'écrase ! On voit !… On voit l'arrière-gorge friande où le voilier va se perdre corps et biens. On tombe. Ce que voit l'Églantine !… Tout au fond, au pays de la faune hideuse des grandes profondeurs, là où la lumière est inconnue, capitale des pressions phénoménales où règne le *Boa Stomias*, voici les bêtes féeriques. Elles se tortillent et font signe. Monstres de diamant aux insinuants sourires magnétiques ; animaux de quartz en fusion dont les yeux de pierreries décochent des œillades ensorcelantes, griffons de métal lançant leurs pattes aux ongles d'or dans des ruées diaboliques pour capturer la prise qui tombe ; et ces femelles béantes aux fourrures de comètes, aux sexes carnivores qui tordent leurs reins lascifs, entrouvrent leurs cavités velues et bandent leurs mamelles admirables ! Leurs voix enchanteresses désespérément appellent, leurs ventres en prières, leurs mains supplicantes convient la proie languide aux délices de l'anéantissement, dans un accouplement aimanté, inédit et mortel. On arrive ! C'est la fin !...

Mais dans les lointains, à l'air libre, au bord de l'abysse une colossale colonne torse vient de s'élever, tire-bouchonnante, elle monte au ciel. C'est la trombe ! Dans sa giration fantastique, elle aspire tout l'océan et boit au goulot du gouffre. Un sifflet strident dilacère l'espace. La colonne d'eau dont la silhouette en sablier tourne, miroite, multicolore, fait une succion vorace d'une force transcendante égale au dynamisme élémentaire des saisons. Le voilier est arraché soudain, en pleine descente. Comme une fusée, il jaillit du gouffre, tenaillé par l'énergie ascensionnelle. Fuite échevelée des falaises de l'abîme, le bâtiment est éjecté, happé, il monte et se retrouve enfin au pinacle du prodige cosmique... Les vieillards de l'île de la Tortue racontent que jadis, pour échapper à son attraction invincible, les hauts vaisseaux forbans, en ultime ressource, fuyaient en tirant des coups de canon pour abattre le hideux boa liquide... Du haut de ce minaret miraculeux, on voit... Apparaissent toutes les draperies mouvantes de cette aube en deuil, les parois rougeoyantes de l'ouragan noir, les moindres enjolivures de ces funérailles sublimes, la surface incertaine de la mer polypeuse et, au-dessus du chaos, la rose rouge du ténébreux soleil levant, puis cercle barré, l'horizon... Toujours chevillée au grand mât, l'Églantine, incrédule, tourne la tête de droite à gauche, de gauche à droite pour embrasser la fantasmagorie. Alors, zébrant et cisaillant les nuées, voici la foudre promise. Elle s'abat sur la trombe de plein fouet. L'Églantine ferme les yeux... L'épart a frappé... Il a taraudé juste à la base de la colonne liquide qui s'effondre dans une pluie de râles, de soupirs, de chuintements, fauchée net, pulvérisée en retombées de gouttes gigantesques, anéantie, volatilisée. De nouveau le *Dieu-Premier* vole à la surface tourmentée, droit sur les vagues et les ravinements, le capitaine à la barre, les marins en proue, suspendus au foc et l'Églantine crucifiée au grand mât. Ruades des embruns, éternuements du sinistre, ricanements et fumées, le voilier continue.

À pas feutrés, l'hallucinose s'esquive. Mais le rêve éveillé la désoriente. L'Églantine émerge lentement. Où est sa tête ? Où sont ses yeux ? Où es-tu, moi, MOI, contrée chimérique qui pourtant donne existence, étoffe et vérité aux pauvres mirages, aux apparences fallacieuses, aux couleurs simulées, aux formes inachevées, aux volumes décevants, aux masses aléatoires du réel concret ?

Dans la salle des miroirs de l'usine où le réel abscons devient réalité intelligible, les divers ateliers, organes des sens, tête, cœur, se remettent à fonctionner, renvoient des épures chancelantes, des reflets changeants, des images sensibilisées et, sur l'écran hypothétique, les objets renaissent, se diaprent, se transcendent, pâlissent, s'avivent, se revigorent, se fardent de lugubre, de prestige, de force, de déjà-vu, de sensualité, de langueur, de mystère et de tendreté aux ailes des papillons de l'imaginaire. Travelling d'un regard, fondu d'un battement de cils, séquence de diminution, d'occlusion brusque et de réouverture d'une fente palpébrale : chaque objet est en même temps vu, évoqué, nié et recréé. Dans le décor tournoyant du sinistre, les choses se précisent et reprennent une place encore incertaine, le beaupré prosaïque, le foc absurde et ses cascadeurs, le gouvernail obtus et les deux forcenés, l'invraisemblable toit convexe de la cabine et cette flaque moirée, le pont, qui peut-être relie objectivement, tant soit peu, les comédies humaines, les destins, les licornes et les capricornes, les petits univers individuels de chacun des galériens du *Dieu-Premier*. D'un seul coup d'épaule, les poings durs, le corps faible et endolori, vacillante, l'Églantine se dégage de la sinistrose.

Alternativement la proue est en poupe, le château devient le gaillard d'avant, océan et ciel permutent, équipage et capitaine s'effilochent, se confondent et troquent sans arrêt leurs corps sous la fusillade d'eau. Entre deux mers, le voilier fait le sauteur en liberté, se rue dans une course circulaire, tel un chien théosophe poursuivant sa queue où luirait une puce imaginaire. L'ouragan ne faiblit pas mais perdant son gradient, décentré, son souffle a cessé de vriller la mer et, pour l'instant, la balaie en un chassé-croisé incohérent. Le *Dieu-Premier* vire et volte sur les montagnes russes de la violente, il roule, déboule, fringue et file dans des secousses cabalistiques pour pirouetter sur place, se ruer et s'effondrer de nouveau. Cabré sur la barre, le capitaine s'égosille dans le vacarme, essayant de faire parvenir à l'équipage qui se gourme à l'avant avec le foc de nouveaux ordres de manœuvre.

— Louvo-yez !... LOU-VO-YEZ !... À la cape !... Capéez à tribord, revirez à bâbord ! CA-PÉ-EZ ! CA-PÉ-EZ !

Mais la voix se distord et se perd dans les tonitruances de la bête de vent. Le voilier oscille alternativement d'un côté puis de l'autre, prêt à chavirer. Les soutes ont bu. L'eau ballotte dans la cale. Il faut agir vite. Le danger grandissant fait du capitaine Samuel un pantin gesticulant en proie à quelque Mal des Ardents. Par moments il se hasarde à lâcher la barre d'une main, une fraction de seconde, agitant les bras pour attirer l'attention des marins. Il hurle :

— À la cape ! Ca-pé-ez !... CA-PÉ-EZ !...

En vain. Sa voix est engloutie à peine parvenue au niveau du grand mât. Soudain le capitaine abandonne le gouvernail au mousse, il délove précipitamment un cordage, en attache l'extrémité autour des reins du jeune Déodat, lui parle à l'oreille puis, d'une formidable bourrade dans le dos, il le projette en direction de la proue qu'il désigne du bras. Le bâtiment touille sur lui-même, fou. En un éclair le capitaine a ressaisi la barre. Peu à peu il reprend le voilier en main. Le *Dieu-Premier* bondit, donne des entrechats, rase l'océan protéiforme, vole et retombe, ballottant de plus en plus dangereusement. Se cramponnant à toutes les aspérités du pont, l'adolescent rampe…

L'œil émerillonné, l'Églantine voit approcher ce visage ravagé par le péril et l'effort. Emporté par le roulis Déodat roule sur lui-même, se raccroche, se redresse, avance, avance toujours sur ses mains écorchées et ses genoux couronnés, il se plaque au sol, glisse, se rattrape, rampe toujours… Il est maintenant à quelques mètres de l'Églantine. Une vague gigantesque accourt, elle se rue et frappe le flanc du *Dieu-Premier*, de plein fouet. Le visage de Déodat devient monstrueux… C'est une masse terrible qui s'abat, qui déferle, balayant le pont… L'Églantine ferme les yeux et se raccroche désespérément… Craquement terrible… La commotion ébranle toute l'infrastructure du *Dieu-Premier*. À croire qu'il se démantèle !…

En réalité seul le grand mât a été fracassé, à mi-hauteur, et branle en oscillations interminables. La trépidation secoue l'Églantine à toute volée. Le voilier fait la ribouldingue, il n'est plus qu'un tourniquet, qu'une toupie. Cependant ça se calme progressivement. Brimbalant de chaque côté, le voilier dessine maintenant de grands cercles puis reprend sa course aberrante sur les flots démontés.

L'Églantine ouvre les yeux… Le mousse est là ! Il a trouvé le moyen de se jeter dans les galhaubans et de s'y accrocher. Le visage saccagé par la malepeur, il ahane. Son pantalon n'est plus qu'un lambeau qui bat au vent et pendouille le long de sa hanche ; ses jambes flageolent, elles fuient sous lui, mais ses poings sont rivés aux câbles avec une telle rage de vivre qu'il tient. Il tient debout.

— DÉ-O-DAT !… Vite !… À l'avant !… VITE !…

L'enfant détourne la tête.

À peine deux ou trois mètres séparent l'Églantine du hardi gaillard de tout à l'heure redevenu en un clin d'œil un gamin foireux, aussi lâche et égoïste qu'un poussin éperdu, cherchant le giron maternel. Face à face ils se regardent. L'Églantine contemple ce visage déformé par la couardise. Comme nous sommes laids ! Sans vergogne, le mousse tourne des yeux ronds, donnant le spectacle de sa démission et de son indignité. Toute sa silhouette athlétique d'éphèbe accompli grelotte, le torse fuselé, le faux corps au tour délié, les cuisses splendides. Impérative, la voix du capitaine parvient, déchiquetée par l'ouragan, mais intelligible, opiniâtre :

— DÉODAT !... Vite !... À l'avant !...

Aiguillonné par cette voix, Déodat baisse les yeux. Il ne bouge pas. Il n'ira pas... Il tremble... Le capitaine tire par à-coups sur le cordage qui noue la taille de l'adolescent :

— DÉODAT !... VITE !...

Le bateau a beau tourniquer, Déodat n'ira pas. Le capitaine peut s'égosiller, il n'avancera plus. Il ne peut pas, comprenez-vous ? Il ne peut pas obéir, c'est plus fort que lui, plus fort que la conscience, plus fort que la mémoire. Déodat tourne avec précipitation autour des galhaubans pour y entortiller la corde et s'amarrer. Sa lèvre inférieure est agitée d'une trémulation nerveuse. Le voilier donne de la bande de plus en plus, il s'élance d'une course canarde pour retomber encore, pataud. L'eau continue à envahir les soutes.

— DÉODAT !...

Qui peut juger autrui ?... Déodat lève la tête et regarde l'Églantine dans les yeux. La peur, le refus et l'océan mêlent leurs eaux sur son visage. Il n'ira pas plus loin ! Quoi qu'on puisse en penser, il ne fera pas un pas, périsse l'univers et lui avec !... Pourquoi est-ce donc lui qui doit se sacrifier ? Par quelle courte paille a-t-il été désigné, lui, l'enfant en qui bouillonnent tant de rêves et de désirs inassouvis ?... Il ne peut pas obéir, c'est plus fort que lui ce soir. Demain, peut-être... C'est plus violent que la douleur, plus contraignant que l'entendement, plus désespérant que la volupté et les étoiles, ça vient des tripes, ça remonte, ça ruisselle, ça glace et momifie le corps entier… Il n'a pas encore vécu, saisissez-vous ? Et puis, aurait-il vécu ! Jamais encore ce jeune corps de brute admirable n'a joui des ébouriffantes délices au nom desquelles ils réclament tous son holocauste, pour leur propre survie. Pourquoi défierait-il la mort ?

Mais à l'avant, les marins ont enfin remarqué et compris le sens des manèges du capitaine. Ils offrent maintenant le moins de voile possible aux soufflets de la tempête, inversant aussitôt le petit foc dans le sens opposé. Barre sous vent, le lambeau de voile à sec, le voilier présente alternativement tribord et bâbord, il capose sans relâche. Le *Dieu-Premier* est frénétiquement charrié à la merci de l'ouragan, mais en dépit de la hurlerie, il se tient droit, il ne donne plus de la bande et catapulté, il retombe d'aplomb sur son étrave pour se ruer de nouveau.

Des larmes silencieuses roulent le long des joues de l'adolescent. Ah ! si pleurer pouvait laver les turpitudes du cœur ! Si l'oubli existait, si vivre était simple, si nous pouvions à volonté nous muer en chien, en porc, en buse ou en ange pour échapper à la responsabilité journelle ! Être un corps végétant, sans cette incandescence intérieure, sans autre brûlement que la sensation immédiate, un animal dont la grégaire divinité n'implique point cet hallucinant éclairage du moindre geste : le souffle immatériel et concret qui juge, la responsabilité, l'esprit, notre tourment ! Déodat, lui, a honte maintenant.

De la haute tour du renoncement, le pâle sourire de l'Églantine peut être lu de toutes les façons. Le sourire n'est qu'un fil léger qui joue à sa commissure, avec des lenteurs et des brusqueries, le sourire la purifie, le sourire la déshumanise. Cependant d'un plancher abject on ne peut pas se rendre compte d'une assomption. Sa merveille charnelle est intacte dans la transfiguration, femelle plus terrible encore que lorsqu'elle était rivée au chevalet atroce des coucheries. Voici l'arc fabuleux de sa croupe, l'onglet cunéiforme du sexe qui flamboie, ses deux fruits admirables qui resplendissent, l'arabesque enfin qui les cerne et les relie d'un cordeau sous les vêtements trempés. L'Églantine oblitère l'espace d'un signe éternellement vénusien qui pourtant ne signifie plus rien ! Son corps a beau resplendir, l'Églantine désormais a retrouvé hauteur humaine, sa vraie substance, elle appartient dorénavant à la Compagnie du Spirituel. Le corps ne signifie plus rien, l'Églantine désormais se signifie et sept autres délinéations l'environnent et lui font un réseau de métamorphoses possibles.

Mais les yeux ordinaires… Quels yeux communs en effet peuvent reconnaître un dépouillement total sous une nudité intégrale ? Le sourire de l'Églantine a beau plaider, planer, transcender le prodige charnel qu'elle a toujours été, nul ne se désincarne. Dans la tempête ce sourire séraphique ne fait que mieux illuminer sa nudité envoûtante pour le pauvre enfant rimbaldien qui la regarde. Déodat ne baisse plus la tête, Déodat ne pleure plus, dans la gueule de la mort, un rebelle, un libertaire s'est dressé.

Face à face, ils se regardent, lui, puis elle, encore lui... Pitié pour lui, pitié pour sa jeunesse, pitié pour ses péchés!... Autour d'eux, le chaos, en eux la débandade, la nébuleuse, le haut-le-cœur et son lent tourbillon. Le goût sale de la mort hante leurs bouches, mais l'Églantine, elle, n'a pas peur, elle ne regrette rien, ne désire plus rien. Ah! s'il savait, s'il pouvait savoir l'indigence des convoitises humaines assouvies! L'Églantine savoure l'âcreté de sa salive dernière, elle s'enivre. Que c'est bon! Carillonnent les bourdons de velours! Sonnent les cloches d'agonies! La joie est noire au dernier acte. Sur sa scène gigantesque, dans la pourpre et le vent, il n'y a qu'un seul saltimbanque, vous, moi, nous tous. Il est nu. Il a l'aspect tragique d'un adolescent admirable. La grâce de son bras insurgé! Le modelé du jeune torse haletant, la hanche délicate et sa morbidesse, la cuisse tremblée, ce sexe entier ciselé par la mort baveuse, les testicules balancés par la danse du ciel, leur sac de peau molle, le phallus érigé, le monstrueux gland rose épanoui et la goutte dorée de la semence enfin, tout dit notre rébellion insensée à la loi unique de l'univers.

Forcené, Déodat ne connaît que le défi, le blasphème. Impudique, le désir le fait miauler devant la femme qui resplendit et se refuse. Voici Lilith, la dernière image qu'il verra ! Tout va finir avant que rien n'ait pour lui commencé. Dans la lumière même du renoncement qui auréole l'Églantine, exhibition atroce, Déodat lui dédie sa virilité fumante. Il brame son écœurant plaisir solitaire. Elle a beau se refuser, qu'importe son refus ? Que lui chaut une indignité qui elle aussi va sombrer dans le néant avec lui ? Que peut lui faire ce hochement de tête presque immobile, mépris, pitié, ou miséricorde ? Tant pis ! Il n'espère pas la toucher, il se touche dans un va-et-vient insensé. Dépouillé de toute attache terrestre, le regard de l'Églantine porte jusqu'à lui une immense compassion. Non, elle ne le juge pas, elle le plaint et son orémus bat des ailes au-dessus de la catastrophe qui se rapproche, au-dessus du passé et de l'avenir, sur elle, sur ses péchés, sur tous les péchés contre l'esprit, elle prie le dieu-Homme, le seul Sauveur à exister, elle le sait désormais. Mais pour l'enfant possédé, le corps orgiaque de l'Églantine, dont la nudité étonnante transparaît et resplendit sous les vêtements mouillés, a beau refuser sa complicité, il lui impose l'outrage de sa dédicace disgracieuse. Dans un effort inouï, fourbu, il poursuit sont rite libidineux et sans arrêt se décorpore. Le terrible giclement des liqueurs pubères jaillit au biseau d'une octave ultime et à chaque nouveau cri apparaît un ange simiesque.

La mer lave le pont et l'ouragan ulule… Nous qui patrouillons aux frontières de l'humain, nous qui explorons les lacs de l'effroi, nous les amis du cœur misérable, nous nous découvrons quand le Néant pond ses œufs dans les blessures, nous ne répondons alors de rien. L'Églantine a vu tout ce qu'elle pouvait encore connaître : la mort est un sacrement d'offrande ou une démence blasphématoire. Savoir quitter la fête n'est encore à la portée que d'une minorité... L'ouragan ne faiblit pas, le *Dieu-Premier* va bientôt cesser le combat. En effet, là-bas, en proue, le petit foc s'effiloche et n'est plus qu'un haillon inutile. Ténorino, le vent ricane et lance ses *saetas* dérisoires, une minute suspendu dans une accalmie menaçante. Le capitaine Samuel donne l'ordre :

— Abandonnez !... Abandonnez tout !... Abritez-vous !... Abandonnez !... A-BAN-DON-NEZ !...

Ivres les marins abandonnent soudain la drisse du petit foc. Un seul d'entre eux a eu le malheur de ne pas lâcher aussitôt. Arraché de terre comme un fétu, il est projeté contre le tillac. Le vent fait de la corde un fléau et l'homme au bout en est le balancier qui tour à tour cogne chacune des faces de l'étrave. Dans un sursaut collectif, liés les uns aux autres, les marins, à la volée, arrachent à la hart le corps du pendu. Ils l'emportent vers l'habitacle.

Le jeune mousse passe le dos de la main sur son front. La voix du capitaine toujours à son poste de combat parvient, claire, impérative :

— Rentrez tous !... Rentrez vite !... Sauvez la femme !... LA FEMME !...

D'un bond un marin se détache et s'élance vers l'Églantine, mais plus prompt et soudain retrouvé, Déodat le devance. Il arrache l'Églantine aux débris du grand mât, la jette sur son épaule et, dressé, courant avec son fardeau, il atteint la cabine et descend les marches de l'échalier. Courbés, agenouillés, rampants, les marins à leur tour s'en rapprochent, puis un à un pénètrent à leur suite par la porte. Le capitaine Samuel est désormais seul sur le pont et s'acharne toujours sur le gouvernail qui vire et volte, fou.

Tout dans la cabine est sans cesse ébranlé, les murs, le toit, la couchette, le plancher, la banquette, tous les objets hétéroclites abrités là, tout tremble. Sur la toile de fond de la rumeur tumultueuse des éléments déchaînés – vacarme fauteur de silence –, la respiration dolente du blessé jette une note lourde et tombe dans la touffeur humide avec un tempo de métronome :

— Ah !... Ah !... Ah !...

Il a eu les deux jambes fracassées, une grande plaie saigne à son flanc droit. Allongé sur la couchette, trois marins assis à côté de lui le maintiennent, amortissant de leur mieux la trépidation et les saccades du voilier. On distingue à peine Célie Chéry et le subrécargue Andréo, tapis dans un des angles de la cabine. Dans un autre coin, Lanor, puis l'Églantine et à distance, le mousse, tous accroupis à même le plancher détrempé. Par la porte ouverte de l'habitacle qui fait entresol par rapport au pont, arrive un mouvant faisceau de clarté qui se brise sur les trois marches du petit échalier. Paysages fuyants de ciel à travers l'ouverture de la porte comme un écran virtuel où défileraient des spectres ébrieux. Tous ces corps écroulés attendent l'issue, abrutis dans la pesanteur des sensations troubles. L'espoir – cet insensé – a pour dernier refuge les automatismes de défense qui animent sans arrêt bras, jambes et corps oscillant à la recherche de l'équilibre transitoire. Chacun est seul, épouvantablement seul, même ceux qui se raccrochent encore en des étreintes brusques, égoïstes, prudentes pour parer aux soubresauts. Dans cet air lourd, chargé d'embruns, les corps détrempés ont froid, on respire mal et dans toutes les poitrines la plainte régulière du blessé fait écho. Tout danse dans la cabine. L'Églantine frissonne. À son oreille, le fadir de l'ouragan qui ne veut pas mourir et son bourdon :

DO !... DO !... DO !...

Engourdie, l'Églantine fait craquer ses doigts. La crampe. Son crâne est comme traversé par une écharde qui dilacère le cerveau et taraude jusqu'à l'os. Les jambes ramassées sous elle, ses muscles sont en proie à une fibrillation incessante. De tous ces corps écroulés, confondus dans la nuit d'ébène, rivés au plancher qui oscille selon tous les azimuts, on ne distingue que les yeux. Constellation mobile : les yeux des marins autour de ceux de Desamours, le blessé. Grande Ourse d'yeux blancs dans le coin qu'occupent Célie Chéry et le subrécargue. Couples d'astres brillants : les yeux de Lanor qui rougeoient et plafonnent et ces vives étoiles fixes, feux d'or aigu, les prunelles du mousse allongé sur le ventre, à quelques pas. Comment donc doivent apparaître les yeux de l'Églantine effondrée dans les ténèbres ?

Tout danse dans la cabine. L'Églantine se remue sur son séant mouillé. Au haut de l'échalier, de temps en temps apparaît une petite vague crêpelée : l'eau de mer qui sans arrêt balaie le pont. Le flot dégringole en cascades intermittentes les trois degrés puis vient se briser sur le seuil surélevé de la cabine. L'eau rentre un peu.

— Il n'y a plus rien à faire ! murmure une voix.

Une fois rompu, ce silence tissé de bruits et de fracas devient intolérable. Une autre voix s'élève :

— Oui… Inutile… Le capitaine devrait rentrer…

Par la porte, le vague faisceau de clarté qui tombe du ciel devient par instants aveuglant et les nuées bouillantes du firmament rouge sale ont sans cesse une course plus rapide et plus tremblée. Le voilier est en proie aux dernières convulsions de la mort. Craquement terrible...

— Le capitaine n'arrivera qu'à se faire enlever par une lame!... Il n'y a plus aucune chance... Dieu seul pourrait encore nous sauver!...

Le mousse Déodat se dresse péniblement et prenant appui à la cloison, il se dirige vers la porte. Tous les yeux le suivent. Il passe la porte. Il escalade le marchepied, reste debout un instant puis s'élance d'un bond. Il a disparu dans la nuit noire...

Toutes les respirations se sont arrêtées dans la cabine. Que va faire l'enfant? Personne ne dit mot. Combien de temps encore durera l'agonie du *Dieu-Premier*? Tout se déchaîne maintenant, hommes et objets sont sens dessus dessous dans la cabine. Une terreur muette fait que chacun se cramponne à l'autre. Les hurlements du blessé sont terribles. La voix d'Hiram s'élève soudain, étranglée:

Fils de l'Éternel, rendez à l'Éternel!...

Deux ou trois voix reprennent en désordre :

Fils de l'Éternel, rendez à l'Éternel !...

Sans cesse projeté en dépit du secours des mains fraternelles, on entend le frappement du corps du blessé contre la cloison. Tous les sinistrés forment une seule chaîne et se sont agglutinés sur la couchette, ceux qui prient et ceux qui se taisent, ils maintiennent tous leur malheureux compagnon.

La voix de l'Éternel retentit sur les eaux,

Le Dieu de Gloire fait gronder le tonnerre...

Avec une ferveur de plus en plus affermie les voix reprennent le psaume à la suite d'Hiram. Il ne reste plus de ressort dans l'âme de ces hommes effondrés. L'Églantine, elle, se tait, les dents crispées pour ne pas se laisser entraîner dans l'imploration.

L'Éternel est sur les grandes eaux...

Les paquets de mer s'entrecroisent à travers la porte ouverte.

La voix de l'Éternel est puissante !... crie Hiram.

La voix de l'Éternel est puissante!... répond le chœur épouvanté.

La voix de l'Éternel est majestueuse!...

La voix de l'Éternel est majestueuse!...

La voix de l'Éternel brise les cèdres du Liban!...

La voix de l'Éternel brise les cèdres du Liban!...

Le cœur de l'Églantine bondit comme un animal encagé. De minute en minute la seconde qui s'approche devient plus solennelle. Voici le grand moment qui s'approche...

La voix de l'Éternel fait jaillir des flammes de feu!...

L'Églantine sent un liquide poisseux qui la mouille et fuse le long de ses cuisses. Elle tremble. Elle se tâte... Bien sûr, les règles... Qu'importe à présent! Elle ne bouge pas.

La voix de l'Éternel fait trembler le désert de Kadès...

L'Églantine libère son bras de l'étreinte de doigts tétanisés, incrustés dans sa chair depuis un moment. Machinalement, elle déchire un pan de sa blouse et s'en garnit, puis ébrieuse tend son bras au compagnonnage de la main inconnue. La voix d'Hiram tombe, rauque, tragique, déformée par l'émotion qui monte, octave après octave :

L'Éternel était sur son trône lors du déluge,

L'Éternel sur son trône règne éternellement...

Mais voici que par la porte surgit la grande silhouette du capitaine Samuel ; fourbu, il est soutenu par le mousse.

— Mes amis... le gouvernail s'est rompu !... Nous allons à la dérive ! Maintenant, à Dieu vat !...

Le capitaine s'effondre dans un coin et reste là de longues minutes, sans voix. Hiram a commencé un autre psaume :

Je t'exalte, ô Éternel, car tu m'as relevé...

L'agonie du *Dieu-Premier* semble devoir être longue. Les voix reprennent le cantique...

Éternel, mon Dieu,

J'ai crié vers toi et tu m'as guéri...

Le mousse s'est recroquevillé à côté de l'Églantine. Il ne dit mot. Les sanglots l'étouffent. La voix d'Hiram est maintenant seule à s'élever…

Chantez l'Éternel, vous qui l'aimez,
Célébrez par vos louanges sa sainteté…
Car sa colère dure un instant
Mais sa grâce toute la vie…
Le soir arrivent les pleurs
Et le matin l'allégresse…

Dehors, il semble que l'ouragan s'est décuplé. Voici venue l'heure du recueillement et du silence. Personne ne peut plus faire les répons. Pour tous il est clair que le coup viendra à l'improviste, coupant le fil des pensées, tranchant net tout effort de conscience, dans un engourdissement affreux qui mettra enfin un terme au délire incohérent du cœur. Les saccades qu'on a peine à retenir le blessé sur la couchette. L'Églantine se bouche les oreilles pour ne pas entendre ses hurlements et la prière. La voix d'Hiram s'acharne, sifflante, désemparée :

Éternel ! J'ai crié vers toi,
J'ai imploré l'Éternel !…
Que gagnes-tu à verser mon sang ?
À me faire descendre dans la fosse ?

La pourriture a-t-elle pour toi des louanges ?...

Choc terrible, la paroi craque lentement sous un flot bouillonnant dont le jet gicle dans la cabine. Un immense cri collectif. Ruée vers la porte. Mais Lanor s'est dressé et se frappe la poitrine à grands coups de poing :

Ô INAMOU ! INAMOU[1]*!...*
Moi, Agouet'Arroyo, Nègre-Tonnerre,
Enfant-de-l'Éclair, Maître-l'Orage,
Roi-de-la-Mer !...
Restez foutre ! Rien n'arrivera !...

Possédé par Agouet'Arroyo, le terrible Loa des eaux, le Souverain dieu vaudou des océans, Lanor beugle, il bondit, s'adosse à la cloison et de son large dos, il bouche la voie d'eau. Grêle, grotesque, aboyeuse, la voix d'Hiram lance à toute volée les premières mesures d'un cantique :

... Au ciel ! Au ciel ! Au ciel !
J'irai le voir un jour !...

Le capitaine Samuel saute debout, un

[1] *Inamou :* nom sacramentel du vaisseau du dieu vaudou de la mer, Agouet'Arroyo.

bout de planche à la main, il hurle :

— Taisez-vous foutre !... Silence, j'ai dit !... Celui qui prononcera un seul mot, je lui fracasse le crâne avec ce bout de planche !... Rentrez tous !... La voie d'eau est petite et haute, rien n'est perdu !... Écopez !... Écopez !... Je l'ordonne !...

En effet, il semble que, contenue par le grand corps de Lanor, l'eau ne passe plus que faiblement. Peut-être a-t-on touché une pointe de récif ?

— Écopez, vous dis-je !... Écopez, foutre !... hurle le capitaine Samuel.

Une casserole à la main, l'Églantine écope furieusement, d'un geste mécanique, les mains folles. Suivant son exemple tous se ressaisissent et s'emparant de tout ce qui peut servir, seau, cuvette, marmite, les sinistrés puisent l'eau et la lancent à toute volée à travers la porte à qui mieux mieux.

— Écopez, vous dis-je !... Écopez !... Ne vous arrêtez pas !... s'égosille le capitaine.

Dehors le vent ulule, le *Dieu-Premier* est charrié par toute la mer dans une demi-obscurité rougeoyante. Il doit être midi. Les heures coulent avec une lenteur d'éternité, mais aucune lueur ne vient tempérer les éléments déchaînés. La voie d'eau a cessé de donner. Tous sont écroulés, rompus, ceux qui dorment et ceux qui veillent dans un mutisme énorme. Les heures coulent.

La nuit vient. Le vent fort aboie. Le voilier va à la dérive, les mâts brisés, la coque endommagée. Un corps se rapproche imperceptiblement de l'Églantine. Il pose la tête sur ses genoux :

— Pardon !... Oh, pardon !... murmure la voix du mousse Déodat.

— Chu-u-ut !... répond imperceptiblement l'Églantine.

Elle passe une main fraternelle sur le front brûlant de l'adolescent. Nous sommes tous frères, n'est-ce pas ? Qui est meilleur que l'autre ? Des larmes pressées, chaudes, coulent sur les mains glacées de l'Églantine. Dehors le vent glapit. Il semble cependant que l'accalmie se confirme. La nuit est d'encre.

Lentement le capitaine Samuel se lève, il monte les marches de l'échalier et reste longtemps debout dans la lumière de la porte, les jambes largement écartées. Fermement campé, son corps oscille, mais il se tient debout. Dans la nuit parvient un son lointain, qui peu à peu se précise. C'est la clameur triste des conques marines qu'embouche sur les côtes le peuple des travailleurs de la mer pour guider leurs frères en perdition. Inlassablement l'unique corde de l'instrument royal caraïbe vibre sur les étendues. La côte ne doit plus être très lointaine. Le son plein, rond, lourd, du lambi corne dans la vastitude avec sa tonalité sublime d'ut majeur :

DO-O-O-O… DO-O-O…

Le *Dieu-Premier* roule et tangue désordonnément. D'un pas ferme, le capitaine Samuel s'éloigne sur le pont. Dans la cabine, le silence, la nuit noire, dehors la hurlerie continue, *molto sostenuto*. Les heures coulent imperceptiblement. Le lambi brame dans les lointains. Une grâce subite semble planer sur les flots toujours déchaînés. L'Églantine dégage lentement son corps moulu de l'enchevêtrement des corps effondrés. Nul n'y prête attention. Sortir, ne fût-ce qu'une minute, de ce cachot dont l'air vicié et l'humidité pesante oppriment la gorge. Elle se lève, la tête vide, ébrieuse, s'accrochant aux parois. Elle escalade le marchepied, le buste courbé en avant, ses jambes flageolent, elle se raccroche à la porte puis s'adosse à la cloison de l'habitacle. Le bourdon sourd des lambis assaille ses oreilles :

DO-O-O-O-O !... DO-O-O-O !...

Elle ferme les yeux, les ouvre lentement. Les ténèbres sont opaques. Soudain, saisie, elle regarde de tous ses yeux. Tout autour du *Dieu-Premier*, l'océan qui bat, opiniâtre, est d'une phosphorescence rubescente. Le plancton couvre toute la mer, à l'infini. Rouges, rouge cardinal sont les vagues qui se ruent en désordre et se brisent l'une sur l'autre en poussière de rubis. La gelée liquide des oligo-éléments fait chatoyer la mer furieuse sous la rumeur panique du vent et l'éteignoir de la nuit impénétrable. Étonnée, l'Églantine tourne la tête pour mieux voir. Horreur et merveille sont intimement mêlées à perte de vue, à perte de ciel, jusqu'aux limites de l'univers. L'Églantine discerne alors un fredonnement à bouche fermée, sombre complainte, triste infiniment, portant toutes les détresses et toutes les tragédies des trimardeurs de la mer. L'Églantine cherche, elle distingue enfin une ombre assise à califourchon sur le beaupré, sans souci du danger, les pieds pendant contre le sabord. La voix monte et s'éteint, chantant *a cappella* l'horreur des eaux amères qui étincellent. Oui, eux, pourquoi mènent-ils cette existence ? Pour quelle gloire, pour quelle expiation, pour quelle transe du cœur, pour quel trésor, pour quel bénéfice ? L'océan se calme imperceptiblement. Le capitaine Samuel est assis à l'avant de son navire, les jambes ballantes, se tenant à la drisse du petit foc, envisageant mélancoliquement la surface rubescente et tourmentée de la violente. Il chante. On arrive maintenant à capter quelques paroles de l'air funèbre qui monte sur les flots :

… Qui mélé nous, qui mélé nous avé yo !
L'orage grondé,
La boue collé,
La vie passé…
M'dis qui mélé nous,
Qui mélé nous avé yo !…
Lan mer rélé,
Lan mort passé
L'enfer fini…
Oui ! M'dis qui mélé yo,
Qui mélé yo ac cadv' nous[1] *!…*

[1]… Que leur importe, que leur importe notre existence ! / L'orage gronde, / La boue colle, / La vie passe… / Je dis : Que nous importe, / Que nous importe leur existence !… / La mer hurle, / La mort passe, / L'enfer prend fin… / Oui ! Je dis : Que leur importe / Que leur importe nos cadavres !…

III

ROSE

Tous les orients restent bouchés. Le danger rôdaille à fleur d'eau parmi les récifs monstrueux qui longent le promontoire. À travers la brume opaque qui ensevelit tout, ruisselle une petite pluie grêleuse, fine, serrée, glaciale. Le *Dieu-Premier* dérive doucement, glisse sur la mer moutonneuse. Le fanal du beaupré flamboie, frissonne, est l'œil même de la fatalité. À bord du voilier sinistré, les hommes s'agitent dans l'ombre blême, flairant la côte. Et si le soleil surgissait tout à coup, découvrant le bleu implacable d'un horizon sans limites, les galères de la soif et la promesse de la mort lente sur une coque alourdie ouverte et dématée ? Qui sait dans quelle île au loin on va aborder ! Le *Dieu-Premier* longe le promontoire, tourne la pointe et vire sur lui-même sous l'effet d'une barre d'eau nonchalante.

Dans une large déchirure de la nue apparaît alors l'anse radieuse, nette de toute souillure, épargnée par pluie, vent et grésil, intacte, alors que tout autour traînent encore les haillons sales de la tourmente, miracle suspendu au-dessous des pétales d'aurore coralline, voici au sommet des hautes falaises d'hématite l'émeraude éternelle des frondaisons perlées d'eau, une grève de sable cuivré et l'azurine délicate des vaguelettes. Le mousse Déodat a vu la crique, comme une impossible chimère, elle danse devant ses yeux embués par la fraîcheur matinale. Le bras brandi, sans voix, il reste là pétrifié, la bouche ouverte, pendant de longues secondes. Sans un mot il entreprend une bamboula frénétique au bout de laquelle le cri jaillit enfin, donnant l'alarme. L'équipage accourt, reste saisi et parmi ceux qui pleurent, qui s'étreignent et se bousculent, le capitaine Samuel reste debout, secoue la tête et dit d'une voix étranglée :

— Mes amis, vite, il faut jeter l'ancre tout de suite... Un poisson ne peut nager dans cette anse sans s'arracher les écailles ! De l'autre côté du promontoire, c'est la Rivière Salée. Nous attendrons ici le grand jour...

Mais Déodat s'est jeté à l'eau d'un élan et nage inlassablement vers la côte encore lointaine. Célie Chéry tombe à genoux, elle avance ainsi, les bras en croix vers le bordé :

— Grâce !... Grâce ! La miséricorde !... murmure-t-elle.

Les marins courent déjà sus à l'ancre, obéissant à leur capitaine qui ressaisi par les vieux réflexes du métier promène le regard sur son navire pour évaluer les avaries. Les muscles en bois, la tête vide, les joues en feu, l'Églantine, elle, contemple ces hommes qui courent à l'ouvrage et sa vue brouillée s'arrête sur le blessé que l'on amène sur le pont pour regarder l'anse miraculeuse. Un homme déroule un gros cordage en sifflant. Le subrécargue essuie inlassablement ses lunettes avec son mouchoir. Le blessé pousse un long soupir et se tait.

Sans s'en rendre compte, le capitaine pose la main sur l'épaule de l'Églantine, de tout son poids d'homme, de tout son pesant de fatigue et de forces nouvelles, il marmonne des paroles sans suite :

— Oui... Combien ?... Combien de douleurs !...

Elle le dévisage sans comprendre. Conscient enfin de son geste, il retire la main :

— Vous avez des enfants ? interroge-t-il. Non ?... Moi, j'en ai...

Et il s'éloigne aussitôt pour prêter main forte à la manœuvre.

Des vaccines[1] sonnent au loin et le tambour tressaute. Quelque chose se balance sur le paysage comme la chanson inachevée d'un diapason d'acier fin. C'est le La Majeur des liesses populaires qui

[1] *Vaccine :* trompette de bambou.

flotte et floconne sur les cœurs éprouvés. La note vermeille de la trompette des pauvres gens dessine son orbe titanesque sur la petite anse poudreuse encore de soleil levant. Dans une gloire de lumière, le *Dieu-Premier* est poussé par les longues perches que manient les marins et s'avance pesamment vers le havre. Son capitaine saute à pieds joints dans l'eau peu profonde du littoral et d'un pas large, écartant les eaux, il atteint la grève. Il se penche, plonge les deux mains dans le sable mouillé et s'en frotte vigoureusement le visage.

Voici le mousse Déodat qui bondit à la tête d'une bande de Raras[1]. Précédant l'orchestre de vaccines et de tambours coniques, il danse et lance éperdument une baguette de sergent-major. Elle monte droit vers le ciel et descend en moulinets étincelants. À la suite du mousse et des musiciens surgit et reflue sur la plage la foule grouillante et bariolée qui se tortille depuis tantôt huit jours et se rue

---

[1] *Raras :* carnaval paysan d'origine indienne.

ventre à terre dans un mascaron[1] frénétique. Hâves, émaciés, revêtus de lambeaux de satin brillant, de rubans, constellés de sequins, de miroirs et de clochettes dorées qui carillonnent à toute volée, les Raras déferlent.

— Le pas du chameau !... commande de toute sa poitrine Déodat.

Les genoux légèrement fléchis, la foule protéiforme s'avance docile et furieuse, selon le pas du chameau, les jambes cagneuses, les bras pendant le long du tronc vers la terre, elle lance alternativement le talon en arrière dans des contorsions inouïes. La voix des vaccines vrombit et vole au-devant d'eux.

— Le dos de l'éléphant !...

Le dos rond, la tête rentrée dans les épaules, la foule progresse lourdement, souplement, battant des pieds une charge énorme, tournant lentement sur elle-même de droite à gauche, traînant les semelles dans un bruit de râpe qui soulève le sable et taquine les nerfs.

---

[1] *Mascaron :* danse populaire haïtienne.

— Baissez et pissez !... rugit Déodat.

D'un même geste tous font mine de s'accroupir, avançant sur la pointe des orteils, ouvrant, refermant et entrechoquant leurs cuisses et leurs genoux, sans arrêt, les bras étendus, les épaules en proie à un frisson élémentaire.

— Détachez !... brame l'enfant.

Alors, libérée de toute discipline, fracassant toute contrainte sociale, accusatrice, la foule donne libre cours à la frénésie. La crise giratoire des garçonnets, les yeux extasiés des fillettes, les seins sautant et ballant des nubiles dans les corsages, les longues tailles spiralées des filles aux mains dures, la calebasse courante de leurs ventres, leurs reins divinisés, les croupes toupillantes des femmes qui montent au ciel et retombent en pirouettant, le déchaînement des vieilles ratatinées qui se trémoussent, en proie à la transe, le beuglement des valétudinaires, tout se mêle en une saturnale féroce ponctuée par les ruffs des tambours, les sifflets délirants, les abois et l'hallali des hommes en chaleur. Une étrange harmonie s'élève de ces voix aphones, éraillées, rocailleuses, dans une licence verbale effrénée, leur hymne sauvage porte vers l'azur la paillardise, la rage de vivre, l'impudeur, le désespoir, la douceur humaine, l'hypersensibilité, la violence du rêve, la force inextinguible aussi d'un peuple de métal :

... Femme-nan tabli sans zorrié,
En bas tonnelle-là !...
Femme-nan perdu l'absolution
En bas tonnelle-là !...
Je crois en Dieu
Le Père Tout-Puissant,
La belle créole[1] *!...*

Le tambour déflagre en rafales sèches et brèves :

... Tek !... Tek !... Tèguèdek !...
Tonton longtemps !...

Nimbée de sable, irradiée de musc, fumante de sueurs, dans le matin triomphant la bande de Raras lance aux quatre points cardinaux ses crudités verbales,

---

[1] ... La femme s'est mise en ménage sans oreiller / Sous une tonnelle !... / La femme a perdu sa pureté / Sous une tonnelle !... / Je crois en Dieu, / Père Tout-Puissant / Mais quelle belle créole !...

toutes les passions contenues dans les géhennes de la condition servile, détresses et malheurs explosent dans la lumière dorée et les fureurs ravalées se déversent en un torrent forcené, innocent et baroque d'impudicité et d'ardeur. Le cap annuel des galères de la vie atteint en quelques secondes son paroxysme.

Mais à la vue de l'équipage penché contre le bastingage, l'orchestre « casse » ses tambours, subito. La foule s'arrête d'un coup, plastique et avec une virtuosité folle, le premier tambourinaire prélude les accords allègres du *Aux Champs* populaire. La batterie, par une combinaison hallucinante de percussions étales, de roulements spirulants, de rafales et de variations claquantes dessine dans l'espace une ligne mélodique merveilleuse de pureté, saisissante de grandeur, de gaillardise et de fraternité. La haute voix torride et raboteuse et diaprée de la chanterelle lance alors un contre-chant d'une tendresse et d'une harmonie infinies :

... Captain' Samuel, ô !
Nègre Arroyo
Devant l'orage!...
Frè Samuel, ô !
Gaçon-cançon
Devant malhè[1]*!...*

Toutes les voix reprennent l'hommage fraternel des travailleurs de la côte à leurs frères de la mer vainqueurs des éléments déchaînés. Déodat fait pirouetter plus haut que les falaises sa baguette de sergent-major, il lance et relance au vol le tube de fer-blanc dont les grelots tintinnabulent au-dessus du *Dieu-Premier*. La foule chante jusqu'à obtenir ce qu'elle veut : que le capitaine Samuel et ses marins se mêlent à eux pour célébrer l'Homme, son Sacre, sa beauté volcanique, son indomptable opiniâtreté. Ils se précipitent tous sur la grève, à l'exception de l'Églantine et du marin blessé qui restent à bord.

Terre, sois douce à leurs pas.

---

[1]... Captain' Samuel, ô! / Nègre prodigieux / Devant la foudre!... / Frère Samuel, ô! / Homme véritable / Devant le malheur!...

L'existence a repris son cours ordinaire pour les marins du *Dieu-Premier*. Tout est redevenu simple et l'aventure effroyable qu'ils viennent de vivre ne sera qu'un repère de plus dans la forêt des jours, un instant peu banal, d'accord, mais qui sera lui aussi à la fois pâli par l'oubli et enjolivé par la mémoire. On en parlera pendant quelques jours, puis au bout du compte, le vécu sera-t-il plus net que certains cauchemars impérissables de notre enfance ?

— Dis donc, était-ce avant ou après le fameux ouragan ?

— Quel ouragan ?

— Celui de 194... On était à bord du *Dieu-Premier*... Le capitaine Samuel, voyons !... Paix à son âme !...

Ah, oui ! Bien sûr, cela s'est passé. Un homme portera dans sa chair des cicatrices indélébiles, chaque conscience aura éprouvé pendant une éternelle seconde la vérité vraie de son cœur, chacun se sera contemplé nu, dans une épure éblouissante, la personnalité se sera lestée du pesant d'une expérience, mais du film des faits eux-mêmes, qu'est-ce qui survivra ?

Couchée sur le sable tiède, la marée lui léchant les pieds nus, l'Églantine regarde rouler les grains de sable, les cailloux et les coquillages. Le cône étoilé des patelles, la longue spire des fuseaux, toutes les variétés des murex, chevaux de frise, buccins uniques, guitares, trompettes de dragon, lambis roses, la masse d'Hercule à la pourpre écarlate, oursins et couteaux font une étrange marelle sous la langue baveuse de la mer. L'Églantine ressent une terrible envie de bouger, quelque chose saccade en elle-même, se tord, bondit ; elle reste cependant là, telle une morte… La race des faibles, celle des indomptables et celle des frénétiques… L'Églantine suit des yeux ces hommes qui vont et viennent, le mousse réparant des cordages, le groupe qui tape à grands coups de marteau et s'affaire autour du gouvernail endommagé et, là-bas, Lanor qui, la pipe aux dents, avec de l'étoupe et du coaltar plein les mains colmate les brèches et révise les joints de la membrure. Le capitaine Samuel, lui, de temps en temps interrompt sa promenade péripatéticienne avec le subrécargue pour jeter un coup d'œil sur les travaux. Assise en tailleur sur le gaillard d'avant, Célie Chéry se coiffe devant un petit miroir posé à terre, et la réverbération solaire lui fait un petit rond de lumière sur le front. Il a suffi de l'irruption brusque des cadences du peuple-roi, le surgissement du chant profond, sarabandes, gaillardes et bacchanales qui portent en eux l'alpha et l'oméga de la vie, pour que ces pauvres gens stupéfiés par l'apocalypse se redressent d'un coup, de toute leur stature humaine, et retrouvent ce qui seul importe : le pain des enfants, l'équilibre de tous les gestes et cette amère délice de la lutte pour l'existence. Maintenant, la horde des Raras est loin, portant dans d'autres coins du littoral, le message issu des entrailles des petites gens du littoral. L'Églantine est grave : il faut comprendre la symbolique secrète des moindres manifestations du vécu sous l'écorce trompeuse des apparences. Nous, le peuple aux mains dures, disait El Caucho... Elle entend sa voix :

— Je n'y vais pas par quatre chemins en général... On est comme on est, pas ?... La vie m'a bousculé, j'suis pas un enfant de chœur...

L'Églantine se lève d'un bond, arpente nerveusement le sable mouillé où son pied laisse des moulages fugaces. Elle pivote sur elle-même, s'arrête, et voici comme un Ratisseur indivisible qui avance vers elle, faisant lentement disparaître la séquence des pas qu'elle a laissés sur la grève. Elle sent se rapprocher le souffle de cet être fantastique, le Temps, qui aura bientôt tout effacé sur le sable. Une voix lui chuchote :

— Si tu avais continué d'avancer, l'homme invisible ne t'aurait jamais rattrapée...

Elle se retourne et regarde. Personne ! Zut ! Voilà qu'elle entend des voix maintenant !

Sur le pont, l'équipage entoure le capitaine qui explique quelque chose. Le groupe se défait. Ils descendent à terre, tous. N'est resté qu'Andréo, le subrécargue qui a la garde de Desamours le blessé. Déodat pour sa part traîne un diable de fer dont les roues grincent aigrement.

— Où allez-vous ?

— On va sur la colline avec le capitaine choisir un arbre pour la mâture... Il faut bien un mât de fortune pour pouvoir repartir...

— Tu peux continuer à te baigner, Eglantina, ce ne sera pas trop long.

— Je vais avec vous !...

L'Églantine jette ses coquillages, enfile ses chaussures et emboîte le pas. La petite troupe s'avance à la queue leu leu dans les bruyères...

L'argent !... A-t-elle pris l'argent ? Oui, dans la poche étanche de son bikini... Peut-être n'aurait-elle pas dû s'en aller dans cet accoutrement suggestif ? Tant pis !... N'auront qu'à fermer la mirette !... L'Églantine tire sur ses jambes, trotte menu pour suivre le train rapide des gaillards qui s'en vont d'un large pas de marins, en chantant, sans égard pour les chardons et les plantes méchantes qui sont à l'affût. Sans effort apparent, Célie Chéry avance au milieu de ces hommes. Quelle luronne ! L'Églantine pour sa part a deux barres qui lui pèsent la poitrine, deux barres se chevauchant comme une grande croix de Saint-André. L'Églantine est chaude, froide, ses jambes sont secouées par une agitation qui les projette en avant sans qu'elle s'en rende compte. Elle marche.

— Ô mon petit ciel de la Caraïbe !... Toujours le même, bleu, au-dessus de ma tête !...

L'Églantine marche. Son bas-ventre est zébré de minute en minute par la douleur atroce qui toupille, puis s'étale. Mon Dieu ! Elle n'a jamais souffert de ses règles jusque-là... Si. Autrefois. Il y a très longtemps. Quand elle était gamine. Est-ce à dire que...

L'Églantine marche. Les voix calmes des marins montent autour d'elle. Ils parlent d'autres tempêtes, de naufrages, de lointaines catastrophes d'âmes, mais ils ne disent pas un mot de la journée et des deux nuits qui viennent de s'écouler. Ils sont gais, ils plaisantent, ils rient...

Souvenirs… Derrière chaque voix tremble tout un petit monde précieux et doux d'êtres chers, unis dans l'attente de celui qui brave la violente, la liante et terrible grande bleue. Vieilles mères, vieux chiens, copains, amoureuses, amourettes, guitares[1], maîtresses, enfançons et enharmonies du foyer, des rues et des bois. Le regard de Célie Chéry est posé comme un coin dans le front de Lanor dont la voix puissante ronronne sur de tout petits narrés de la vie secrète des ports. Qu'est-ce donc qui pousse Célie Chéry à cette incessante quête d'amour sans illusion ? La froideur de son cœur trop positif, trop quiet, trop assuré-malassuré dans la vie ? Ou bien l'égoïsme ? En tout cas, ça commence toujours les yeux absents et ça finit alors que rien n'a commencé !

Au détour d'un sentier, voici au sommet d'une colline un pin qui se dresse, toujours vert, parmi les bruyères et les genêts persillés. La petite équipe hâte le pas vers le but. Tout est net, tout est

[1] *Guitare :* jolie fille.

calme, seul un oiseau quelque part dans la verdure jette de temps en temps son cri purpurin. L'Églantine a les jambes en feu et les chevilles truffées d'aiguillons. Elle s'arrête pour en extraire quelques uns, puis se précipite à travers le sentier du raidillon pour rattraper les autres. Elle court, la tête vide avec dans la bouche cet assaisonnement piquant et la traîtrise sauvage d'une douleur qui se tapit, aux aguets dans les entrailles. Où est l'espérance dans ce matin triomphant ? Dans le cabri, dans le criquet, la lumière. Mais l'affre la dilacère.

Voici l'espérance. Habillée d'aiguilles vertes, elle se dresse sur la colline, prodige fuselé aux branches balancées par le vent. Le pin est calme malgré les hommes qui s'avancent vers lui menaçants, avec leurs haches, leurs scies et leurs machettes.

— Voilà ce qu'il nous faut ! dit le capitaine. Manœuvrez bien, car il me le faut intact !

L'Églantine s'assied par terre, un doigt dans la poussière. Célie Chéry fume à toute vapeur et se campe avec assurance.

Le va-et-vient rapide de son regard semble mesurer le temps qu'il faudra pour abattre l'arbre, le dépouiller, le ramener, le mettre en place, appareiller, atteindre l'embouchure et retourner à Port-au-Prince. Pour la première fois l'Églantine remarque sur son visage une touche de dureté qu'elle n'avait pas remarquée. L'argent. Elle pense à l'argent...

Déodat noue le bout d'une corde autour de sa taille, en laissant traîner le bout au pied de l'arbre, et s'élance. Il grimpe comme un chat dans les branches avec une joie panique, poussant de petits cris radieux. De temps en temps, il agite les mains, disparaît, apparaît, montant toujours plus haut. Il surgit enfin à la cime du conifère.

— Hou ! Hou !... fait-il avec un visage épanoui.

Le capitaine met les mains en porte-voix :

— Descends plus bas !... La flèche du pin ne résistera pas à la traction !... Attache plus bas !... Plus bas, te dis-je !... Allons, descends !...

Déodat fait la nique et crie :

— Hou ! Hou !...

Le capitaine ramasse des cailloux et les lui lance :

— Je vais te faire descendre !...

Déodat descend en effet, presto, attache un peu plus bas le bout de la corde qui lui nouait les reins puis dégringole en un éclair. Sérieux, il passe narquoisement à côté du capitaine, l'extrémité de la corde à la main afin de la tendre. Au passage le capitaine Samuel lui lance, mi-figue mi-raisin, une calotte. Vivement le mousse esquive, toutes dents dehors.

— Pendant la tempête, tu ne faisais pas le faraud comme ce matin !... lui crie Célie Chéry.

Le capitaine la foudroie du regard :

— ... Ne répète pas ce que tu viens d'oser dire, Célie... Dans l'océan en furie, il n'y a ni braves ni lâches, il n'y a que de pauvres hommes qui luttent... En mer, nul ne sait comment il se comportera demain. Si tu veux voyager avec nous autres, il faudra apprendre à respecter nos usages, sinon ça ne collera pas... Dans les drames de la mer, il y a des choses qui demeurent impénétrables aux plus vieux d'entre nous!...

L'Églantine regarde ces hommes qui entourent l'arbre, détendus, joyeux, leurs outils à la main. Parmi eux, selon toute vraisemblance, il y en aura au moins un qui tôt ou tard sera la pâture des congres, des requins-marteaux ou des raies géantes. Ils le savent tous. Qui sera-ce? Hiram, l'adventiste du septième jour si féru de la Bible? Ou bien Lanor: la voix du tonnerre comme son protecteur Agouet' Arroyo, le Tout-Puissant dieu des profondeurs, le dénommé Admettons, le taciturne dont les yeux sont de braise, Clairembart enfin, le joyeux drille, si jamais il y en eut. Ils vont et viennent alors que sur eux plane chaque jour le vautour du malheur et qu'ils pressentent tous son coup d'aile fauve, très haut, très loin dans l'azur. Mon Dieu! Comment faire pour trouver elle aussi cette paix de cœur qui est la plus grande force?

Avec une grande scie qu'ils tiennent chacun par un bout, le capitaine Samuel et Clairembart s'escriment sur l'arbre. L'aubier chante, la sciure vole et le pin tout entier est pris d'un tremblement. Lanor et Hiram sont à côté, se préparant à la relève. Après un haussement d'épaules, Célie Chéry s'en est allée à l'écart. L'Églantine a pris place à côté de Déodat et d'Admettons qui tirent la corde. Les aiguilles de pin carillonnent avec des kyrielles de minuscules tintements argentins. Des passereaux s'envolent de l'arbre et tournoient tandis que les petits lézards multicolores sont fous dans les branches. L'Églantine tend la corde de toutes ses forces, les muscles durs, ravalant la douleur qui lui ravage les entrailles.

— Il ne faut pas tirer comme ça ! bougonne Admettons de sa voix aux raucités brusques. Pas encore !...

L'Églantine regarde cet homme au visage maussade et barricadé. Comme nous sommes étranges ! Lui, moi, vous, nous tous. Chacun nous avons notre couleur d'yeux, nos lubies, nos hargnes, notre sonorité. Pourquoi ? Et puis, au fait, pourquoi pas ? Chacun cherche sa satisfaction d'exister comme il peut, comme il sait…

Les aiguilles de pin pleuvent sur Lanor et Hiram qui travaillent à la scie. L'arbre a commencé une oscillation tragique, il va bientôt tomber…

— Tirez ! crie le capitaine. Tirez doucement !…

Les scieurs s'acharnent, mais le végétal ne veut pas encore se coucher. Il résiste.

— Le bois est vert, les dents de la scie sont grippées, il faut graisser la lame.

Repos. On s'arrête pour nettoyer et lubrifier la lame. Le pin fredonne sa dernière chanson, morose complainte sur une gamme incertaine, il modulera jusqu'à la fin. Au loin, un âne brait consciencieusement, appliqué, virtuose du hi-han. Tout près des hommes et de l'arbre qui meurt, des papillons blancs, bleus, roses. La scie reprend sa rengaine monotone.

— Reculez-vous ! crie le capitaine aux haleurs.

Entaillé aux trois quarts, le vertical tient bon en dépit du trait de scie en couronne qui marque le collet de sa souche. La scie travaille furieusement. Soudain, sans un tressaillement, le colosse tombe d'un coup.

— Ago ! s'écrie le capitaine, s'écartant d'un bond.

Les marins sont là, perplexes, comme honteux d'avoir abattu un si vaillant combattant.

— Pas de temps à perdre ! Il se fait tard ! Commencez à débrancher.

Tous s'élancent, l'Églantine la première, une machette à la main.

S'étourdir, s'en donner à cœur joie, taper, couper, massacrer à s'en fendre l'âme. En proie à une folie musculaire, l'Églantine détaille les branches, infatigable.

La petite troupe se hâte vers l'anse. Étêté, dépouillé de son écorce, l'énorme tronc repose sur le diable amené par Déodat. Il est tiré par des couples de haleurs, Déodat et Clairembart ; en queue vont Lanor, Admettons, Hiram et Célie Chéry, en tête, guidant l'attelage, le capitaine Samuel et l'Églantine. Ils se taisent.

— Vous êtes toute seule dans la vie ? demande soudain le capitaine Samuel.

Elle fait oui de la tête.

— On ne peut pas aller seul… On ne peut pas… murmure le capitaine comme pour lui-même.

Le mât de fortune est en place. L'équipage a travaillé d'arrache-pied. Le soir tombe, les moustiques vrombissent, le soleil allume des derniers incendies dans les nuages. Tout l'occident flambe et les ombres elles-mêmes sont roses dans la crique où se balance le *Dieu-Premier* fin paré pour la poursuite du voyage. La marée montante danse la rumba, secoue ses jupons froufroutants de satin bleu dont les innombrables volants dentelés d'écume blanche se soulèvent et retombent découvrant la chair blond rosé de la grève. Plaqué de teintes plates et crues, l'horizon chatoie et au-dessus passe tout un train rapide de petits nuages frisettés, versicolores, dans le couchant flamboyant.

Les marins s'avancent en groupe vers le capitaine accoudé au bastingage avec Célie Chéry et l'Églantine :

— … Capitaine, nous avons décidé de ne pas partir, si… commence Admettons, le porte-parole de la délégation.

— Comment ?

— Je dis que nous refusons de partir avant de savoir ce qu'on fera de Desamours…

— Hum hum !…

Le capitaine se tourne vers Célie Chéry :

— Célie, vous avez entendu ?

— Et alors ?… Vous êtes le capitaine, à vous de mettre de l'ordre à bord de votre bateau… J'ai affrété le *Dieu-Premier*, c'est entendu, mais vous connaissiez parfaitement les risques. Vous vous êtes engagé à faire le voyage, aller-retour, vous irez ! À Port-au-Prince je paierai jusqu'au dernier centime ce que j'ai dit, rubis sur l'ongle ! En attendant, c'est à vous, capitaine Samuel, qu'il appartient de faire respecter à vos marins l'engagement !

Qu'est-ce que vous venez me chanter là !...

— Voyons, Célie, les marins n'ont pas tout à fait tort. À la Grande Saline nous devrons débarquer Desamours... Il en a au moins pour trois mois à se soigner... Avec quoi le fera-t-il ? Que donnera-t-il à sa famille ?... Réfléchissez, Célie, et vous verrez...

— Suis-je responsable de ce qui est arrivé à Desamours ?

— Oui, Célie, vous êtes responsable. Quel bénéfice ces hommes auront-ils pour ce qu'ils ont subi ?... La même chose que pour une traversée ordinaire ?... Pour qui l'ont-il subi ? Pour que vous puissiez faire du 300 % sur le sel que, sans leurs efforts héroïques, vous n'auriez jamais pu ramener ?... Nous sommes le seul voilier à avoir quitté le port... Ils doivent offrir leurs bras, leurs jambes, leur vie pour vos beaux yeux ?... Et si c'était moi qui avais été blessé, pourriez-vous repartir ?

— Tout ça ce sont des histoires !... Nous n'avons pas d'argent, Eglantina et moi, vous serez payés à Port-au-Prince, c'est mon dernier mot !

Célie tourne le dos à l'équipage, le visage barricadé. Perplexe, le capitaine regarde les marins…

— Et que demande Desamours ?

— Nous avons décidé que nous ne repartirions pas si Desamours ne recevait pas tout de suite tout ce qui devait lui revenir à Port-au-Prince. D'autre part, il faut que ces dames s'engagent à lui verser trois gourdes et demie par jour d'incapacité de travail. Telle est la loi, nous a-t-on dit, au Syndicat des Agences Maritimes… Vous ne pouvez pas nous abandonner, captain' Samuel, c'est notre vie que nous risquons ensemble ! Que nous importent les bonnes paroles et les attitudes de cocottes à Figaro à notre endroit ! On ne nous emberlificotera pas avec ça !… déclare Clairembart à son tour.

Clairembart a perdu sa bonne bouille de pince-sans-rire ; c'est un autre homme qui a surgi là. L'Églantine le dévisage avidement. Sa face est grave comme celle d'un clown démaquillé. La couenne de sa nuque est hérissée, ses yeux disparaissent dans un éventail de plis et sa barbe de trois jours lui fait une barbelure de petits pieux bleuissants et campés. Admettons, le taciturne, a perdu toute trace d'hypocondrie, sa voix posée et calme sonne comme un bardit de quelque rhapsode des âges très anciens. Hiram n'a plus son masque mystique et inspiré. Tous, Lanor, Déodat, le capitaine Samuel, ils sont devenus autres. Ainsi, ceux qui hier encore étaient si unis devant la mort forment deux camps opposés dans la vie ! Pourtant Célie Chéry n'est pas une femme méchante, non ; elle est même peuple dans toutes ses attitudes quotidiennes... Avec une insouciance tragique, Célie Chéry va de l'un à l'autre, se donne machinalement à n'importe lequel de ces pauvres trimardeurs, elle n'a pas l'air de les mépriser. Où se situe donc la ligne de démarcation ? Au fait, Célie Chéry se donne-t-elle ? Non, elle prend, elle prend sa gabelle sur tout ce qui existe, sur le pesant de chair de chaque vivant, sur le plaisir, sur la joie ; le prix des douleurs est pour elle et tout lui appartient, le sang humain, le lever du soleil, le sexe de chaque existant, la sueur qui ruisselle du dos de ces hommes brisés de fatigue et prêts à continuer à se louer. Célie Chéry est une soudarde, une négrière… Et l'Églantine, de quel côté est-elle dans tout cela ? Qui a raison ?

Célie Chéry s'est retournée vivement vers Clairembart :

— Cocotte à Figaro ?… Cocotte à Figaro ?… C'est pour moi que tu parles ?… Et même s'il me plaisait maintenant de coucher avec toi, qu'y aurait-il de commun entre nous ?… Je mange du cochon, c'est entendu, plaise à n'importe qui de m'appeler cochonne, mais je ne suis pas une truie de la même étable que vous !… Tenez-le-vous pour dit !… Et puis, vous repartirez, m'entendez-vous !… Seul le capitaine Samuel peut prendre au sérieux vos sornettes. Eglantina et moi, nous payons largement, nous paierons à chacun son dû, mais quant à cette histoire de Desamours, que chacun se mêle de ce qui le regarde ! Je la réglerai comme je l'entends !…

Oui, de quel parti est l'Églantine ? Elle a cru que tout était simple et que d'un côté de la barricade il y avait les putains, les maquereaux et les souteneurs, et de l'autre les honnêtes gens. Elle voulait laver toutes ses attitudes familières à la grande rivière purificatrice du travail, passer son corps à l'eau lustrale de l'honnêteté, rincer ses yeux à l'indigo de la vérité et de l'amour... Et que trouve-t-elle du côté des « honnêtes gens » ? Deux camps qui se font face, un nouveau choix aussi crucifiant. La vie est donc faite d'une succession de choix, rétrécissant chaque jour un peu plus l'homme à l'intérieur de règnes, d'embranchements, d'ordres, de genres, de familles et d'espèces ? À quel règne appartient l'Églantine ? Est-elle du même ordre que Célie Chéry, celui des omnivores, des carnassiers et des anthropophages ?... Cette discussion dépasse en odieux les numéros qui l'opposaient au début de sa carrière galante aux sagouins refusant de payer après s'être ébaudis tout leur soûl et qu'elle empoignait à la sortie ! Cochons de payants ! Putasserie de la vie ! Sera-t-elle toute son existence la prostituée d'un éternel turbin mal payé ? Hier, c'était au dodo qu'elle s'exécutait selon le caprice d'un patron de rencontre, sera-ce désormais à l'atelier, à l'usine, aux galères qu'elle se prostituera ? Jamais plus !... Mais alors ? Le singe, ce sera elle, ou plutôt comme Célie Chéry, elle sera la guenon de quelque pitoyable *Dieu-Premier* ?... Pas ça non plus... Alors quoi ? De quel côté es-tu, la fille, l'ex-Niña Estrellita du Sensation Bar qui prétend redevenir la non moins lamentable Eglantina Covarrubias y Perez ? L'Églantine vacille, tout tourne autour d'elle, elle triture dans la ceinture de son blue-jean la pochette de cuir fauve et odorant où se trouve la liasse de dollars...

Le capitaine Samuel contemple les deux femmes avec une nuance de mépris :

— Je le répète, Célie, ces hommes ont raison, je n'ai pas le droit de les abandonner. Tu les as vus à l'œuvre, tu les as vus se battre contre la mort, pour ta vie comme pour la leur que tu as voulu engager. Si ce n'est que de moi, le *Dieu-Premier* ne repartira pas avant que Desamours n'ait été payé, qu'il n'ait obtenu tout ce qui est justice.

— Et moi, je déclare que vous foutrez

le camp du voilier ou vous appareillerez comme je l'ai dit. Trêve de mots et de sensiblerie. Votre chantage ne marchera pas ! Vous croyez qu'à terre je ne pourrai pas racoler quelques marsouins de votre acabit qui seront trop heureux de trouver du travail !... Si vous ne voulez pas naviguer, foutez-moi le camp, et n'en parlons plus !... Ce voilier, je l'ai affrété, j'en dispose !...

Andréo, le subrécargue, s'est amené, attiré par les éclats de voix :

— Voyons, Célie, ne t'excite pas, on peut discuter... Viens avec moi, à nous deux nous arrangerons ça !

— Je t'emmerde !... Ah ! Ah ! Cocotte à Figaro ? Eh bien ! la cocotte à Figaro vous dit de vous exécuter ou de foutre le camp. Vous ne me ferez pas peur ! Je suis native de la Grande Saline et je vous connais tous ! Tous les marins de la Grande Saline savent qui est Célie Chéry, j'en ai fait marcher d'autres que vous ! C'est à prendre ou à laisser !

L'Églantine s'est avancée à son tour et murmure à son associée :

— Célie, je peux payer… Mieux vaut régler cette affaire à l'amiable…

— Ne vous mêlez pas de cela, Églantine, crie Célie Chéry, je les materai, ou le diable dira pourquoi ! Avec ou sans eux, le *Dieu-Premier* atteindra la Grande Saline, vous pouvez en être assurée !…

Tout le sang de l'Églantine ne fait qu'un tour. Elle crie à son tour :

— C'est votre dernier mot ?

— Mon dernier mot !

— Eh bien, vous faites erreur, car dans ces conditions le voilier ne repartira pas. Je n'accepte pas, vous m'entendez ?… Je suis de moitié dans les frais d'affrètement et moi j'accepte de dédommager Desamours… Si cela ne vous agrée point, je vous paie votre quote-part d'affrètement et je continue seule avec l'équipage… C'est à prendre ou à laisser !…

L'Églantine s'en va…

Cette nuit-là, dans le moutonnement de la mer et le roulis du large, l'Églantine dort. Elle dort d'un sommeil lourd et agité. Elle rêve.

L'Églantine est sous l'eau, par cent brasses de fond ! Voici le *Bucentaure* du Roi des Eaux. *Inamou*, le long vaisseau faîté, passe au fil de la nuit sous-marine. Il est d'or fin, tout ajouré, filigrane gigantesque qui navigue entre les arborescences des coraux blancs. De chaque côté de ses deux ponts à arches sortent deux centaines de longues rames superposées. Les avirons auripennes montent et descendent, décrivant leurs ellipses, sans que nul rameur ne les manie. Le bâtiment vire lentement et sur sa proue arrondie et découverte apparaît Agouet'Arroyo, le souverain dieu des eaux, Maître Agouet'Arroyo, debout sur un trône de métal étincelant. Sa stature colossale se détache dans l'obscurité d'encre. Il est vêtu d'un boubou de soie brodé de vaguelettes d'or, une pièce d'argent filé entoure ses hanches en drapés harmonieux et monte sur l'épaule droite pour retomber en un éventail de plis. À son coude gauche avancé en angle aigu, le Nègre Bleu de la Mer porte un bouclier fait d'une étoile de mer gigantesque, dans son poing, une poignée d'oriflammes de toutes couleurs montées sur une hampe unique ; dans sa dextre flamboie un long glaive arborescent. Sous la coiffure du dieu-océan, faite d'une conque marine spiralée, sorte de buccin vermeil orné de lambrequins héraldiques, apparaît un visage mi-tranché dont la longue barbe flotte. Son front est peint de bleu de nuit et marqué de trois plis verticaux ; les sourcils sont deux rinceaux noirs, s'allongeant jusqu'à la tempe, encadrant les yeux, besants de feu ; à la pommette droite en un dégradé oblique qui coupe le nez, la partie inférieure du visage est de deux couleurs : pétrole et bleu de ciel. À chaque respiration sortent de ses narines deux jets de vapeur. Le loa ouvre et ferme la bouche avec lenteur, puis levant alternativement ses pieds d'où pendent des babouches d'écume, il pivote lentement sur lui-même brandissant ses étendards. Il disparaît soudain dans la nuit sous-marine.

Lui fait place son armée ; elle accourt en demi-cercle. La tête enveloppée d'un linge blanc, tous les nègres bleus de la mer, torse nu, portant des culottes qui leur arrivent à mi-mollet, se ruent, la machette d'acier au poing droit. De la main gauche, ils font flotter horizontalement un large drapeau. Ils manœuvrent en ordre parfait, leurs rangs s'entremêlent, ils dessinent des étoiles, des lunes, des comètes, brandissent leurs armes et poussent leur cri de guerre. Le royal Tambour Assotor rythme le pas d'acier des guerriers d'Agouet' Arroyo. Silence. Tout a disparu, seuls des poissons rôdent dans la merveille des grands fonds...

Porté sur un pavois par quatre spectres blancs couverts de draps, voici Guédé Nibo, le dieu des ombres funestes qui viole les frontières de l'empire océan. Canne-épée à la main, sa maigre et interminable silhouette est vêtue d'une jaquette noire, son crâne lugubre est coiffé d'un haut-de-forme de soie lustré, sa poitrine nue et son pantalon blanc sont frappés d'un squelette jaune. Le dieu prélude sa danse. À chaque rafale de tambour, un soubresaut subit le fait bondir très haut pour retomber en mesure, les jambes fléchies, battant la mesure de ses genoux s'entrechoquant. Guédé Nibo s'élève sur la pointe des pieds et, tel un échassier, il se hausse sur ses longues guiboles, marchant en rond d'un pas précipité de cérémonie, les coudes relevés comme des ailes, s'arrêtant subitement pour faire palpiter son ventre et lancer ses reins dans une giration folle. Il disparaît... Sa horde lui succède. En cohue les diables féroces envahissent les eaux, tout noirs, avec des ailes triangulaires et leurs mains armées de longues griffes portent de grands filets aux mailles en toile d'araignée et de longues fourches aux crocs recourbés. Leur ballet confus s'exécute au rythme macabre de percussions sèches et régulières qui tombent comme des glas. Ils toupillent sur eux-mêmes, avançant alternativement la tête de droite à gauche, lançant leurs filets et décochant de furieux coups de fourche pour capturer la proie. À leur tour, ils disparaissent.

Agouet'Arroyo et Guédé Nibo sont face à face. Les spectres blancs volent littéralement, portant sur le pavois le dieu de la mort à la rencontre du vaisseau d'or dont les rames nagent à toute volée. Entre eux, par cent brasses de fond, gît l'Églantine, morte-vive. Voici les Loas face à face, leur défi prend un tour menaçant. Dans une main sa canne-épée dégainée, de l'autre le bâton-étui, faisant des passes d'armes et bondissant, Guédé Nibo danse sur le pavois. Maître Agouet'Arroyo élève lentement ses étendards et les abaisse, pivotant sur lui-même d'un air tragique. Son armée surgit derrière lui, courant d'un pas de procession. À son tour la horde de Guédé Nibo apparaît. Derrière chaque armée les renforts avancent. D'un côté, la Sirène, la Baleine soufflant dans des conques marines, les Maîtresses de l'Eau et leurs cheveux déployés, les terribles Simbis, vigoureuses nageuses aux pagnes éclatants qui s'approchent, le poignard entre les dents. De l'autre côté, voici Baron Samedi et son escadron noir de squelettes, de bacas et de zombis aux narines pleines de coton.

À l'air libre, l'Olympe accourt pour

assister au combat qui a l'Églantine pour enjeu. Voici Maîtresse Erzulie, la divine mulâtresse qui s'amène en costume d'affranchie [I], minaudante, les yeux chavirants, faisant sonnailler ses bijoux étincelants, agitant du bout des doigts un fin mouchoir de dentelle. Son essaim de jeunes suivantes est emporté dans les élans d'un gracieux Congo-paillette [II]. Les suivent Azaca Médé, Ministre de l'Agriculture du ciel à la Tête de ses vaillants paysans, agitant leurs mouchoirs cramoisis et entrechoquant leurs bâtons, ils dansent un étourdissant Mahi [III]. Tous les dieux vaudous viennent assister à la bataille : les Ogouns de la guerre en grands uniformes chamarrés et leurs cacos-plaqués [IV] qui dansent un Rada [V] forcené, Damballah Oueddo, le dieu-couleuvre et sa femme Ayida Oueddo et leurs troupes

---

[I] *Affranchis :* esclaves affranchis de Saint-Domingue.
[II] *Congo-paillette :* danse populaire haïtienne.
[III] *Mahi :* danse populaire haïtienne.
[IV] *Cacos-plaqués :* corps de cuirassés des armées de paysans révolutionnaires d'Haïti.
[V] *Rada :* danse populaire haïtienne.

d'hommes-serpents « conillant » sur un rythme Yanvalou [1], Sobo Naqui Dahomey, portant sa hache de pierre, suivi d'un bataillon d'indiens brandissant des fouënes d'or en forme de ligne brisée. Tout le ciel est là, Parrain Legba, Erzulie Freda, Dahomey, Ayizan la grande marcheuse, Jean Pétro, Loko Agazou, Kadja Dossous, ils sont tous venus pour l'Églantine... Où sont les saintes vierges que toute sa vie l'Églantine a implorées ? *La Virgen del Pilar, la Caridad del Cobre, Nuestra Señora de Guadalupe*, où êtes-vous ? Où êtes-vous donc !... Elles sont au paradis aristocratique des dieux morts, seuls les dieux du peuple se disputent l'Églantine qui gît par cent brasses de fond.

L'Églantine repose entre les deux armées qui s'observent. Soudain dans une clameur de fin du monde et la charge déchaînée des tambours, le choc terrible s'accomplit. Les nègres bleus de la mer agitent leurs milliers de drapeaux et, rassemblés en une étoile qui pivote sur

[1] *Yanvalou :* danse populaire haïtienne.

elle-même, ils entrechoquent leurs machettes luisantes contre les fourches des archanges ténébreux qui lancent leurs menaçables filets de toile d'araignée. Çà et là des duels à mort se déroulent. À grands coups de sa terrible queue, la Sirène attaque Baron Samedi qui fait exploser de la poudre dans ses mains affreuses. Un peu plus loin, les escadrons noirs ont enveloppé la Baleine qui esquive et bondit, mais les Maîtresses de l'Eau volent à son secours armées de leurs funestes miroirs. Là-bas les Simbis aux yeux de braise, leurs griffes dorées dégainées se ruent contre les bacas et les zombis qui reculent. Alors dans une rumeur grandiose, les armées rompent le combat. Voici les deux rois qui s'avancent. Maître Agouet'Arroyo porte de formidables coups avec son glaive arborescent à Guédé Nibo qui élude et saute à des hauteurs prodigieuses tout en lançant au passage des estocades d'une brutalité inouïe. Agitant ses étendards, tournant lentement sur lui-même, le dieu-océan ne laisse aucun angle de fuite à Guédé Nibo, il secoue sa longue barbe et avance sus à l'adversaire auquel il interdit l'approche de l'Églantine. Guédé Nibo s'arrête, se haussant éperdument sur ses longues jambes, puis recule de son pas précipité de cérémonie.

Les démons mènent la charge et se heurtent aux terribles Simbis qui reculent. Les remplacent les Maîtresses de l'Eau qui font miroiter leurs aveuglantes glaces. Dans une confusion énorme, en vagues, les nègres bleus de la mer se ruent à l'assaut, les squelettes d'ivoire grimacent, grincent des dents et font face. Le silence tombe soudain.

Voici Agouet'Arroyo, la Sirène à sa droite, la Baleine à sa gauche et de l'autre côté Guédé Nibo escorté de Baron Samedi et de Marinette-aux-jambes-fines. Dans un fracas étourdissant, ils s'affrontent, donnant de toutes leurs armes. Agouet' Arroyo agite ses étendards et pousse son cri de guerre. Dans un subtil mouvement tournant Guédé Nibo feinte puis plonge vers l'Églantine.

L'Églantine hurle. Alors tous les dieux qui regardaient se jettent dans la Mêlée :

Erzulie et ses suivantes, Azaca Médé et ses vaillants sarcleurs, les Ogouns de la guerre et leurs cohortes, Damballah Oueddo et ses hommes-couleuvres. L'Églantine hurle. La mer n'est qu'une confusion où les peuples des dieux s'emmêlent et se heurtent farouchement dans un chaos énorme. L'Églantine gît par cent brasses de fond, morte-vive.

— Réveillez-vous ! Voyons… Qu'avez-vous ?… Allons, réveillez-vous !…

Lanor secoue l'Églantine qui ouvre enfin des yeux épouvantés :

— Quoi ?… Que me voulez-vous ?…

Avec peine l'Églantine se dégage du cauchemar et promène des regards sur les marins qui l'entourent. Au loin les cloches sonnent à toute volée emplissant l'espace d'un bourdon gigantesque qui vibre jusqu'à l'horizon, d'une sonorité royale :

— La-a-a-a…

Voici l'embouchure et son avaloire extravagante qui repousse la mer de son flux patient. À quelques centaines de mètres du voilier, voici la ligne claire du mascaret. Le *Dieu-Premier* présente alternativement le flanc pour résister à la pression gigantesque de la barre d'eau, toutes voiles dehors. Dans une vibration de toute la carcasse on quitte la mer pour entrer dans les eaux douces-amères de l'embouchure. À droite, les ruines du vieux musoir de l'ancienne Compagnie fluviale forment dans les eaux comme une ligne de brisants. Les cloches sonnent toujours, puis avec le surgissement d'une aurore cerise apparaît enfin le bourg de la Grande-Saline qui sort lentement de la brume. Les pâtés de petites maisons aux toits d'ardoises d'Anjou s'agglomèrent en tas qu'éclairent en rase-mottes les lueurs incertaines du devant-jour. Les cloches sonnent à toute volée en haut du chapeau pointu de la petite église qui se profile à travers les vapeurs diaphanes.

Lentement le *Dieu-Premier* remonte le courant à travers une nuée de petites embarcations de pêcheurs dont les occupants font des signes d'amitié aux marins.

Le voilier côtoie d'autres bâtiments et va se ranger le long du débarcadère. Célie Chéry termine son long conciliabule avec le subrécargue puis va s'accouder au bastingage, à côté de l'Églantine. Célie est détendue, fraîche, comme si rien ne s'était passé et s'entretient avec son associée. Dès le potron-minet le petit peuple du port s'agite : revendeuses qui grattent et vident le poisson, commères qui attendent la marée le panier sur la hanche, marchandes de café, de bananes, de biscuits, de cassave et d'acassan, pêcheurs qui se préparent à prendre la mer, marins, flâneurs, marmaille et vieilles dévotes cn robe de brabant et en châle noir se hâtent pour la messe de l'aurore. Une puissante odeur faite de mille relents divers assaisonne l'air piquant où bourdonne la rumeur des blablablas, des jurons, des gros mots et des rires gras. Des filles plantureuses font la nique aux marins et les premiers cris des quincaillières, des chineuses et des porteballes jaillissent aux carrefours du petit matin frisquet.

— Il faut nous préparer, Églantine... Il n'y a pas de temps à perdre !...

L'Églantine dévisage ce visage serein qui transpire l'humeur robuste et équilibrée, partout, aux coins des yeux, aux plis du visage, autour de la bouche, se lit la hardiesse, l'assurance, l'indépendance et l'intelligence pratique. Inconscience ? Propos délibéré ? Par quels avatars a passé cette fille mêlée au peuple dès le plus jeune âge pour se comporter avec cet amoralisme et cette rigueur dans les objectifs ?

Déjà alertés les parents et les proches des marins commencent à affluer à bord. L'Églantine observe d'un œil furtif ces petites scènes intimes et capte d'une oreille les propos et les bribes de phrases qui s'égaillent dans la fraîcheur. L'Églantine se sent soulevée par une petite onde à peine flexueuse, frétillante, guillerette, alors que dans ses muscles endoloris passent des contractures.

— Alors, Eglantina, vous êtes prête ? Nous partons ?...

— Mais oui, mais oui !... fait l'Églantine.

Elle prend son sac de voyage, jette un

dernier regard sur les marins qui lui font signe de la main et emboîte le pas de Célie Chéry.

Au loin rutilent les salines sous le soleil d'avril. Un poudroiement éblouissant flotte au-dessus, à perte de vue. Le sol, la lagune est d'une boulbène blanche, alcaline, parsemée de bouqueteaux de raisiniers noirs, de touffes de pourpier de mer, d'arroches, de christes-marines et les grands bassins éblouissants où mûrissent les cristaux sont rose vif, entourés de la couronne verte des salicornes. L'Églantine s'arrête, se couvre les yeux de la main

[le léopard]

Un beau matin je me suis trouvé criant, courant, piaffant, pleurant, riant. Jamais les pailles du soleil ne furent plus belles allumettes du Bengale. J'étais né à la vie.

Puis les jours et les nuits, pas du temps qui s'enfuit, déambulèrent. Un pas d'ombre, un pas de clarté, ça fait des taches sur l'âme des léopards que nous sommes tous ! Je suis resté tapi dans les chemins de la vie, faisant des cheveux aux poupées de mes rêves avec mes belles larmes.

Toutes les ronces de la route ont griffé ma face noire. J'ai recherché le compagnonnage de mes pareils et je suis resté seul.

Le léopard fut noble, en dépit de sa renommée. Chaque goutte de sang sera demain une fleur dans les jardins refleuris. Jamais le léopard ne prit un fétu qu'il n'ait partagé avec toute la création.

Le léopard fut honnête. Il fit tout le peu de bien que l'on peut offrir dans une vie de léopard. Il fut un animal de vérité, jamais il n'aurait pu supporter sa vie de léopard s'il avait menti une seconde à la nature dont il procède. La vérité n'est que la force qui fait germer le blé, éclore un œuf de passereau, frissonner les petites herbes et marcher les saisons. Le léopard est un cœur ouvert.

Jamais le léopard ne s'abandonna. Dieu ! qu'il est épuisant de ne jamais s'abandonner ! Vinrent les pluies, les secs, les soleils, les orages, les fleuves en crue, les séismes... Mais nul ne pourra jamais s'imaginer une vie de léopard en regardant l'olivette calme de ses yeux, le rire de ses moustaches, et sa bouche, cette joyeuse blessure. Rien ne fut épargné au léopard. Il est riche de tant d'alluvions amères qu'il a pu concevoir toute la douceur secrète de la vie. Et le léopard ne s'abandonnera jamais.

Un jour sonneront les fanfares de la chasse au léopard. L'horizon ne sera qu'un envol de sagaies, le soleil fera une pluie de lancelots, les buissons et les broussailles inexorablement marcheront en cercles concentriques vers la bête sans un cri. Les fourmis rouges sortiront de terre, les libellules vertes ricaneront de toutes leurs ailes papillotantes, l'air sera un nuage de molécules bleues, piquantes, brillantes, diamantées... Le ciel tirera ses rideaux sur tous les yeux collés au firmament clair des temps, tous les yeux de léopards morts. Alors viendra la déflagration. Droit au cœur...

JACQUES STEPHEN ALEXIS
14-11-1956

TABLE

LA COUVERTURE DE
L'étoile Absinthe
A ÉTÉ CRÉÉE PAR DAVID PEARSON
ET IMPRIMÉE SUR OLIN ROUGH
EXTRA BLANC PAR L'IMPRIMERIE
FLOCH À MAYENNE.

LA COMPOSITION,
EN GARAMOND ET MRS EAVES,
ET LA FABRICATION DE CE LIVRE
ONT ÉTÉ ASSURÉES PAR LES
ATELIERS GRAPHIQUES
DE L'ARDOIS IÈRE
À BÈGLES.

IL A ÉTÉ REPRODUIT SUR LAC 2000
ET ACHEVÉ D'IMPRIMER EN FRANCE
PAR L'IMPRIMERIE FLOCH À MAYENNE
LE VINGT JANVIER DEUX MILLE DIX-SEPT
POUR LE COMPTE DES ÉDITIONS ZULMA,
HONFLEUR.

978-2-84304-788-6
N° D'ÉDITION: 788
DÉPÔT LÉGAL : FÉVRIER 2 017

NUMÉRO
D'IMPRIMEUR
90635